NOS VEMOS EN EL COSMOS

JACK CHENG

Nos vemos en el cosmos

NUBE **DE TINTA**

Título original: *See You in The Cosmos*

Primera edición: mayo de 2017

© 2017, Jack Cheng
© 2017, Penguin Random House Grupo Editorial, S. A. U.
Travessera de Gràcia, 47-49. 08021 Barcelona
© 2017, Carlos García, por la traducción

Printed in Spain – Impreso en España

ISBN: 978-84-16588-32-9
Depósito legal: B-6.471-2017

Compuesto en M. I. Maquetación, S. L.

Impreso en Romanyà
Capellades (Barcelona)

NT 8 8 3 2 9

Penguin
Random House
Grupo Editorial

Para mamá, papá y Charlie

Nueva grabación 1

6 min 19 s

¿Quiénes sois?

¿Cómo sois?

¿Tenéis una cabeza?, ¿dos?

¿O quizá más?

¿Tenéis la piel color carne como la mía, suave y gris como la de un delfín o verde y con pinchos como la de un cactus?

¿Vivís en una casa?

Yo sí. Me llamo Alex Petroski y mi casa está en Rockview, Colorado, Estados Unidos de América, planeta Tierra. Tengo once años y ocho meses, Estados Unidos tiene doscientos cuarenta y dos años, y la Tierra, 4.500 millones de años. No estoy muy seguro de cuántos años tiene mi casa.

A lo mejor vivís en un planeta helado y en vez de casas hay iglúes, y en lugar de manos tenéis picahielos, y vuestros pies son como botas de nieve y estáis cubierto de pelo de color canela, igual que mi perro, Carl Sagan. Lo llamé así en honor a mi héroe, el doctor Carl Sagan, que fue el astrónomo más famoso de nuestra época. El doctor Sagan ayudó a enviar las *Voyager 1* y *2* al espacio sideral y equipó cada una de ellas con un Disco de Oro con sonidos de nuestro planeta; sonidos de todo tipo, como ballenas cantando y gente diciendo Hola en cincuenta y cinco idiomas, y la risa de un recién nacido y las ondas cerebrales de una mujer enamorada y la mejor música que ha conocido la humanidad, como la de Beethoven y Chuck Berry. A lo mejor la habéis escuchado...

Encontré a Carl Sagan en el aparcamiento de un Safeway cuando era un cachorro. Cuando lo vi estaba sucio, tenía hambre y estaba escondido detrás de un contenedor. Le dije Ven aquí, chico, no tengas miedo, pero estaba gimiendo y tenía el rabo erizado, porque en aquel momento aún no nos conocíamos. Le dije No voy a hacerte daño, soy pacifista, y supongo que me creyó porque cuando lo cogí no intentó morderme ni escaparse. Luego lo llevé a casa. Mi madre estaba en el sofá viendo la tele, como suele hacer, y le dije que había traído la compra y también un cachorro y le aseguré Voy a cuidarlo, te lo prometo, voy a jugar con él y le daré de comer y lo bañaré y todas esas cosas que se supone que hay que decir.

Y me respondió ¡Aparta de en medio! Así que me aparté. La madre de Benji, mi mejor amigo, se pondría histérica si él llevara un cachorro a su casa, pero con tal de que yo haga la cena y no la moleste cuando ve la tele, a la mía le da igual. Mola bastante como madre.

No sé qué tipo de programas veréis vosotros, pero los que le gustan a mi madre son los concursos y los programas de juicios, y esos en los que salen cinco mujeres sentadas en un salón de mentira. Cuando voy a casa de Benji ponemos Cartoon Network porque su familia tiene televisión a la carta y a Benji le chifla *Battlemorph Academy*, igual que a mí y a otros muchos niños del colegio. No está mal, pero, para ser sincero, me gustan más los dibujos clásicos como *El laboratorio de Dexter*. Dexter sí que es listo. Pero odio cuando su hermana Didi entra y revuelve todas sus cosas. Menos mal que yo no tengo una hermana que me revuelva las cosas, sobre todo cuando estoy trabajando en mi cohete.

Lo que sí tengo es un hermano mayor. Se llama Ronnie, pero todo el mundo, menos mi madre y yo, y algunos amigos suyos del instituto, lo llama RJ porque su segundo nombre es James. Ronnie es mucho mayor que yo, tiene casi el doble de mi edad, veinticuatro años. Vive en Los Ángeles y trabaja de agente, pero no ese tipo de agente en el que seguro que estáis pensando. No es agente doble ni espía al estilo James Bond. No lucha contra terroristas ni persigue a traficantes, ni juega al póquer con supervillanos. Ayuda a los jugadores de fútbol y de baloncesto a salir en anuncios de zapatillas, pero también va a fiestas y se pone gafas de sol, así que supongo que será más o menos lo mismo.

Al principio Ronnie no quería que me quedara con Carl Sagan. No le gusta que mi madre y yo nos gastemos su dinero en algo que no sea comprar comida o pagar facturas. Cuando le hablé de Carl Sagan por teléfono me dijo No, no, no nos podemos permitir tener un perro. Yo le respondí Pues yo creo que sí que podemos permitírnoslo, porque he estado comprando solo la comida que está de oferta en el Safeway y haciéndome los bocadillos del colegio en vez de comprarme el almuerzo allí, y además tengo un trabajo a tiempo parcial y ayudo al señor Bashir a apilar las revistas en su gasolinera. Le dije He estado ahorrando para mi cohete, pero puedo usar una parte de ese dinero y comprarle comida a Carl Sagan, que no es un perro muy grande, y deberías volver alguna vez a Rockview para conocerlo en persona…, es decir, en perro, antes de tomar decisiones precipitadas.

Eso pasó hace casi un año, y Ronnie aún sigue sin conocer a Carl Sagan en perro. Pero estoy seguro de que cuando se conozcan, a Ronnie le va a encantar. ¿Quién va a negarle nada con esa carita?

¿Eh? ¿Quién va a negarle nada?

Sí, hablo de ti, Carl Sagan. ¿Quieres saludar?

Venga, chico, di Hola.

Carl Sagan no quiere saludar. Se ha quedado mirándome. ¿Qué haces? ¿Con quién hablas? ¿Hay alguien ahí? Yo no veo a nadie.

Aquí no hay nadie, chico, solo es un iPod. Me viste pintarlo de dorado con el espray, ¿te acuerdas? Estoy grabando para que cuando lo encuentren seres inteligentes a millones de años luz sepan cómo era la Tierra, ¿entiendes?

No lo entiende. Ahora está mirando por la ventana. Se distrae fácilmente.

Esto, pues… eh… ¿de qué estaba yo hablando?

Bueno, da igual, el caso es que pensaba que a lo mejor ya os había llegado el Disco de Oro de mi héroe, pero quizá allí no tengáis tocadiscos o ya no los utilicéis. Los únicos tocadiscos que he visto en mi vida eran unos usados, en una tienda de segunda mano, y ya nadie los compra porque los iPods y los iPhones son más fáciles de guardar en el bolsillo. Además, en el iPod cabe mucha más música que en un disco. Ya he metido en el mío todas las grabaciones del Disco de Oro y aún me sobra muchísimo espacio, y luego descubrí que también sirve para grabar, así que pensé que podría grabaros algunos sonidos de la Tierra que aún no hayáis oído. Luego, cuando vaya a comer, os explicaré todo lo que pasa tras las cámaras. Igual que los extras de un Blu-ray.

Hay TANTAS COSAS que os quiero contar, chicos… Pero tengo que esperar, porque Carl Sagan se ha sentado al lado de la puerta, quiere salir a hacer pis y caca. ¡Y todavía tengo que preparar la mochila para el viaje! La próxima vez os hablaré sobre el FCGAS y sobre mi cohete.

Nueva grabación 2
6 min 41 s

¡Hola otra vez!

Os prometí que os iba a contar más cosas sobre el FCGAS y soy hombre de palabra. El FCGAS es un festival de cohetes que se celebra en el desierto, cerca de Albuquerque, Nuevo México. ¡Dentro de tres días lanzaré allí el mío!

El nombre oficial es Festival de Cohetes de Gran Altitud del Sudoeste, pero en Forocohetes.org todo el mundo lo llama FCGAS. Son unas siglas, una palabra que se crea juntando las primeras letras de otras, como la NASA, que es la Administración Nacional de la Aeronáutica y del Espacio. En cuarto convertimos nuestros nombres en un acrónimo, un tipo de siglas que se pronuncia como una sola palabra, y, aunque la señorita Thompson me dijo que podía usar solo Alex, yo utilicé mi nombre completo porque quería que fuera un reto. Quedó así:

Astrónomo

Lanzacohetes

EXplorador

Aracnofóbico

Noble

Diligente

Entusiasta

Risueño

Y también convertí en un acrónimo el nombre de mi héroe:

Cósmico

Apasionante

Requetelisto

Loco por la ciencia

En Forocohetes están todos EMOCIONADÍSIMOS con el FCGAS. En la parte superior hay un foro OFICIAL SOBRE EL FCGAS, y ya está LLENO de mensajes. Frances19 dice que se está tiñendo el pelo para ir, Ganímedes y Europa contaban lo bien que se lo pasaron el año pasado, y Calexico colgó un montón de consejos de acampada, como que si por la noche te dejas los zapatos fuera de la tienda, por la mañana tienes que darles la vuelta antes de ponértelos por si tienen escorpiones dentro. Además, avisó de que siempre iban en pareja, así que si te encuentras uno lo más probable es que haya otro más. Son criaturas muy románticas.

Ya he metido el cohete, el cepillo de dientes y la vieja tienda de Ronnie en la mochila, y también un champú-acondicionador 2 en 1, porque así ahorro espacio. También he preparado el pienso especial de Carl Sagan; en el FCGAS habrá barbacoas, pero Carl Sagan tiene el estómago demasiado delicado para comer ese tipo de comida.

Aún me faltan cosas por empaquetar, pero necesitaba descansar, así que he subido al tejado de casa. Me encanta tumbarme en los techos de los coches, igual que la doctora Arroway en *Contact*, pero mi madre ya no conduce, así que ahora cojo la escalera y subo al tejado. Suelo hacerlo de noche para estar más cerca de las estrellas, aunque esté solo a un piso menos de distancia.

También me gusta subir de día, no os creáis. Nuestra urbanización está en una colina, y desde aquí arriba veo cosas que están lejísimos. Veo las vías del tren y el Burger King, y también la gasolinera del señor Bashir, que en la entrada tiene la bandera estadounidense más grande de todo Rockview, es INMENSA. Más a lo lejos se ve el monte Sam y la *R* grandísima de Rockview, al pie de la ladera. Una vez, antes del partido de bienvenida que jugó Ronnie contra el equipo rival, el de Belmar, unos niños del instituto de allí se acercaron por la noche y cambiaron la *R* por una *B*, y al día siguiente Ronnie se cabreó tanto que se apuntó cinco *touchdowns* y nuestro equipo les metió un palizón. Me parece que les salió el tiro por la culata.

A veces, después de uno de sus días de relax, mi madre necesita respirar aire fresco, así que sale a pasear, y desde aquí arriba puedo seguirla con la vista. Ahora, por ejemplo, se dirige a la casa de Justin Mendoza, al final de nuestra calle, en la falda de la colina, y en cuanto llegue allí girará a la izquierda, hacia Mill Road, o a la derecha, hacia la urbanización de Benji. Cuando va por allí me cuesta más verla, porque está todo rodeado de árboles.

Precisamente fue Justin quien me dio este iPod. En el instituto iba un curso por debajo de Ronnie, y siempre venía a casa a jugar con él. Ayer fui hasta su casa a comprarle el iPod por veinte dólares. Primero accedió, pero luego me dijo que me lo regalaba porque la batería estaba hecha un asco. Entró a por él y yo lo esperé en el garaje, mirando la moto Honda con la que se pasa el día trasteando. Cuando apreté una de las manetas, se le cayó un tornillo, así que lo coloqué sobre un trapo azul, junto con otras piezas.

Justin volvió con el iPod y el cargador, y le dije Oye, Justin, ¿no deberías haber acabado ya de arreglar la moto? Tú eres mecánico. Me respondió que el problema era que, siempre que creía que había terminado, se ponía a conducir un rato y se le ocurría alguna otra mejora, así que la desmontaba y volvía a empezar. Le he dicho que se tendría que descargar un simulador, como OpenRocket, el que encontré yo para mi cohete. Me deja probar distintos motores, y hasta puedo cambiarle la ojiva y los alerones, y me indica a qué distancia se va a elevar, para que no tenga que comprarle piezas hasta que vaya a lanzarlo. Le comenté que así diseñé el *Voyager 3,* mi cohete, que va a llevar su iPod al espacio.

Justin me pregunto ¿Así que va a ser tu primer lanzamiento?, y le respondí Exacto, y él me dijo ¿No deberías hacer pruebas antes de lanzarlo?, y le contesté Para eso está el simulador, hombre, para ahorrarme las pruebas.

Se rio y me preguntó por Ronnie. Le conté que sigue igual de ocupado con sus clientes potenciales, que son aquellos a los que Ronnie quiere representar, así que les invita a comer en algún restaurante. Justin dijo que lo admiraba mucho, y que siempre lo había considerado un hermano mayor, y a mí me entró la risa porque yo siempre he pensado en él como mi hermano mayor, y Justin volvió a soltar una carcajada. Me pidió que lo tuviera al corriente de cómo me iba el lanzamiento y le prometí que lo haría. También le sugerí que le echara un vistazo a la maneta de su moto para comprobar que no le faltaban piezas.

Nueva grabación 3

6 min 16 s

¿Qué hacéis vosotros cuando no podéis dormir?

A lo mejor ni siquiera os hace falta y os pasáis todo el tiempo despiertos porque vuestro planeta rota tan lentamente que siempre veis el Sol. Siempre es de día.

O puede que sea al revés, que durmáis siempre que no estéis comiendo, igual que los koalas y que Carl Sagan, que se hace una bola encima de la cama o del sofá o en mi regazo y se queda dormido muy fácilmente.

¿Ahora estáis dormidos?

Supongo que no, porque si estuvierais dormidos no podríais estar oyendo esto.

Sospecho que estamos todos despiertos, vosotros y yo…

Anoche acabé de hacer la mochila, y hoy me he pasado el día preparándole comida a mi madre para cuando me vaya. Ella cocina, y se le da genial, pero este año yo he cocinado un montón para los dos, y me sentiría mal si no le dejase algo preparado.

Además, se ha tomado otro de sus días de relax, tirada en la cama, mirando los desconchones del techo. Le llevé agua a la habitación y le dije Te he preparado la comida para estos tres días, mientras esté en el FCGAS, solo tienes que sacar el táper de la nevera y calentarlo en el microondas. Te quiero.

Pensaba que acabaría agotado de tanto cocinar, pero no. Intenté escuchar a Beethoven y a Chuck Berry y ver mi Bluray de *Contact*, pero solo conseguí desvelarme. También intenté dormir en la cama de Ronnie. He dejado todo en su lado de la habitación igual que estaba cuando se mudó, para que cuando venga de visita vea todos sus pósteres de chicas sexis y sus trofeos en la estantería, y le parezca que nunca se ha marchado. Aun así, a veces me meto en su cama, porque quizá cuando uno duerme donde lo hace otra persona y hace lo mismo que ella se acaba convirtiendo en esa persona. Piensa igual que ella y comparte sus recuerdos, y un tiempo después tiene músculos y gana un montón de dinero para comprarle comida a su madre.

El tren de mañana para Albuquerque, Nuevo México, sale bastante temprano. Calexico y otros miembros de Forocohetes han quedado en el Hamburgódromo de Blake, un restaurante cerca de la estación de Albuquerque, para ir juntos en coche hasta el FCGAS, y me van a llevar. A ver si sé quién es quién, porque a la mayoría los conozco solo por sus nombres de usuario, pero no sé qué aspecto tienen.

Además, faltan solo dos días para el lanzamiento, así que tendré que darme prisa y buscar sonidos importantes de la Tierra para vosotros. Puede que… puede que, ya que habéis escuchado en el Disco de Oro los latidos y las ondas cerebrales de una mujer enamorada, yo os pueda mandar en mi iPod de Oro el sonido de un HOMBRE enamorado.

Me grabaría a mí mismo, pero aún no me he enamorado de nadie. De mis compañeras de clase me ha sido imposible, porque solo les interesa comprarse ropa y mandarse snapchats y Skyler Beltran. Tenemos aficiones distintas. Pero no me preocupa. Apuesto a que habrá algún enamorado en el FCGAS, porque conozco a un montón de gente así. Por ejemplo, Ronnie está enamorado de su novia, Lauren; y Benji, de la señora Shannon, que da clases de matemáticas avanzadas. Me contó que una vez se inclinó para ayudarle con un problema y que olía a gominolas de melocotón. Me hizo prometerle que no se lo contaría a nadie en el mundo, y supongo que se refería a nuestro mundo, así que a vosotros sí que puedo contároslo.

Qué pena que Benji no pueda venir al FCGAS…

Está de vacaciones en Chicago con su madre, su hermana y el novio de su madre.

Una vez me preguntó si estaba triste por no tener padre, y yo le pregunté ¿Tú estás triste por no tener un dinosaurio? Me dijo que no estaba seguro porque nunca había tenido uno, y le expliqué que a mí me pasaba lo mismo con mi padre. Benji me respondió que aun así molaría un montón tener un Triceratops, que podría montarse encima y entrar en el colegio rompiendo las paredes, y que si un monitor de pasillo intentaba ponerle una amonestación por llegar tarde le podría decir Pónsela a mi Triceratops. Le aseguré que era una idea genial.

A veces pienso en lo guay que sería tener padre. En *Contact* el padre de la doctora Arroway también moría cuando ella era niña, pero al menos ella era mayor que yo. Podía acordarse de cómo miraban juntos por el telescopio, desde el porche, o cómo hablaban con gente de Florida por radio. Pero mi padre murió cuando yo tenía tres años, así que solo recuerdo lo que me han contado los mayores. Mi madre me ha dicho que el día que nací mi padre tenía que haber vuelto de un viaje de trabajo, pero perdió el vuelo y ella tuvo que conducir sola hasta el hospital, porque Ronnie aún era muy joven para llevar el coche. Pero finalmente mi padre consiguió llegar, y diez minutos después lo hice yo.

Es como si mi padre fuera un rompecabezas y mi madre tuviera unas piezas y Ronnie otras; pero faltan algunas, así que no puedo terminarlo. Este año, en clase de sociales, la señorita Campo nos enseñó lo que era la genealogía, el estudio de los orígenes familiares, y un día que dimos clase en la biblioteca utilizamos los ordenadores y entramos en una página que se llamaba Ancestry.com. Cuando pones tu nombre y el de tus padres y abuelos, la página crea tu árbol genealógico usando los archivos del gobierno, artículos de periódicos viejos y cosas así. Según la página, mi abuelo y mi abuela, o lolo y lola, como los llamamos, así como la familia de mi madre eran de Filipinas, aunque ya lo sabía, y descubrí que la familia de mi padre llegó de Europa en barco, en 1870. Además, la página me manda un correo cada vez que descubre algo sobre mi familia. Es como tener mi propio CSI, que son las siglas de Crime Scene Investigation, solo que, en vez de investigar delitos y resolver casos, encuentran pistas sobre mi padre. Así que es mi PSI, mi Pater Scene Investigation.

Ay, ay, ay. A este paso no me voy a dormir nunca…

Voy a intentar meterme otra vez en la cama. Mañana nos espera un gran día a Carl Sagan y a mí.

Buenas noches, chicos.

Nueva grabación 4

[grabación no disponible]

Nueva grabación 5

8 min 52 s

A ver, vuelvo a intentarlo. Quería haberos contado antes lo que me pasó en la estación de tren, pero estaba llorando y no decía nada con sentido, así que la he borrado.

Cuando me veía llorar, Ronnie solía decirme ¡Sé un hombre! y me obligaba a parar. A nadie le gustan los lloricas y, aunque lo intento, a veces no puedo evitarlo. De vez en cuando se me llena la cabeza de nubarrones enormes y grises, empiezan a formarse remolinos y me sale una tromba de agua por los ojos. Estoy exagerando; en realidad, no me salen trombas de agua por los ojos ni se producen verdaderos fenómenos meteorológicos dentro de mi cabeza.

Por la mañana, justo cuando estábamos a punto de irnos, me di cuenta de que me pesaba demasiado la mochila, a pesar del champú-acondicionador 2 en 1. Intenté ponérmela y pesaba una TONELADA. No había dado ni cinco pasos y ya estaba agotado. Anoche no parecía tan pesada, y lo que había dentro era ligero, pero si nos ponemos a sumar... Se lo comenté a Carl Sagan. Y ahora, ¿qué hacemos? Me miró con cara de ¿A mí me lo preguntas? Intenté que cargara con la bolsa de lona y salió corriendo, como diciendo ¿Te crees que soy una mula de carga?

Le aseguré que sabía que no era una mula, y se me ocurrió una idea fantástica: ir al garaje y coger la carretilla que uso cuando voy a comprar; lo puse todo dentro y cabía. ¡Problema resuelto! Luego me acerqué a la puerta de la habitación de mi madre y llamé flojito, para ver si estaba despierta, pero dormía, así que me acerqué a su cama y le susurré Nos vamos, volvemos el domingo, te quiero, por si acaso me oía en sueños.

Carl Sagan y yo recorrimos la calle y giramos a la izquierda a la altura de la casa de Justin Mendoza. Seguimos por Mill Road, yo con la carretilla en una mano y la correa de Carl Sagan en la otra, y pasamos por delante de la gasolinera del señor Bashir y por el motel Super 8 que hay al lado. Quería despedirme del señor Bashir, pero no quería llegar tarde y me daba miedo que no me dejaran subir al tren con la carretilla. Pero aún no lloraba, eso fue después.

Llegamos a la estación quince minutos antes de la hora. Le enseñé el billete electrónico al empleado de la ventanilla y me preguntó ¿Y tus padres?, y le respondí que íbamos solo

Carl Sagan y yo. Quiso saber dónde estaba Carl Sagan, y me aparté hacia la derecha, porque lo tenía detrás de las piernas. El hombre me miró y me espetó Esto es un billete de adulto, y le contesté Sí, porque por internet solo podía comprar billetes de adulto. Necesitaba un billete infantil y le pregunté dónde podía conseguirlo, y me dijo que solo podía comprarlo junto con el de un adulto, y me quedé algo desconcertado. No podía subir al tren solo; si tenía menos de trece años tenía que ir con un adulto. Luego me pidió el carnet y le enseñé el de la Sociedad Planetaria, y quiso uno con mi fecha de nacimiento, así que le enseñé el del colegio, y así se enteró de que aún no había cumplido los trece.

Le aseguré que era más responsable que muchos niños de trece años que conozco, y también que muchos de catorce. Pero dijo Da igual, lo único que importa es tu edad, y le dije Qué tontería, todos los niños son distintos. Deberían hacer un examen a todos para saber lo responsables que son, y luego establecer una responsabiliedad. Yo sé que por lo menos me pondrían trece años, porque ya sé cocinar y cuido de un perro.

Aun así, me callé lo del examen. Solo pensé que tenía todas mis cosas y las de Carl Sagan, y también que tenía conmigo a Carl Sagan y que no quería perderme el FCGAS. Luego me senté en una silla y me puse a llorar.

Carl Sagan también lloraba, porque siempre que yo lo hago llora conmigo, y yo pensé que quizá fuera mejor no ir al FCGAS. Pensé Quizá sea mejor que me quede en Rockview porque nunca he estado fuera de casa sin mi madre o sin Ronnie, y si me quedo tendré más tiempo para grabar sonidos de la Tierra y cuando ya tenga bastantes podré lanzar yo solo el *Voyager 3*. No tengo por qué hacerlo en el FCGAS, aunque me haya gastado tanto dinero en el billete y en la inscripción, y aunque no vaya a conocer ni a Europa, ni a Calexico, ni a nadie de Forocohetes.

Entonces saqué mi iPod de Oro y os intenté contar lo que había pasado, pero lo único que me salía eran lágrimas. Oí el silbato del tren y lloré con más fuerza, parecía que no iba a parar nunca.

Y de repente oí que alguien decía Pero ¿qué pasa?, y levanté la vista y vi a un chico mayor con una bandana azul en la cabeza y una mochila más grande que yo. Grande, GRANDE.

El chico se sentó a mi lado y tardé un rato en contárselo todo. Tenía que detener las trombas de agua antes de poder decir algo con sentido. Al final me tranquilicé hasta que solo me salió una llovizna, y le conté que tenía previsto ir al FCGAS para lanzar mi iPod de Oro al espacio, que todos mis amigos de Forocohetes estarían allí, que me había gastado una fortuna en el billete, que le había hecho la comida a mi madre y había metido los táperes en el congelador, y que ahora no podía ir porque aún no tenía trece años, aunque por lo menos en responsabiliedad ya los tengo.

Parece que para ti es muy importante, comentó, y le respondí ¡Claro que es importante, si no lo fuera no estaría llorando, JO! Bueno, eso último no lo dije, solo asentí. Soy un poco complicado.

Me pidió que le dejara ver el billete y se lo enseñé, y también la bolsa de loneta con el cohete y el correo de inscripción, el mapa de Google Maps que me había imprimido, con la localización del FCGAS, y hasta mi champú-acondicionador 2 en 1. No sé por qué le enseñé el champú. Me preguntó por mis padres y le conté que mi padre había muerto cuando yo era muy pequeño y que mi madre estaba en casa y le daba igual lo que hiciera mientras no le diera mucho la tabarra. Dijo Tío, sí que vas rápido, ¿eh? Me extrañó. ¿Qué? ¿Rápido? Luego me devolvió la carpeta y me ordenó que lo siguiera pasara lo que pasara, que fuera tras él y que le dijera que sí a todo, y asentí.

Se puso a la cola y yo también, y cuando llegamos a la taquilla, el taquillero lo miró, me miró y le preguntó ¿Va contigo? Él respondió Sí, es mi hermanastro, y luego dijo Me voy un momento al baño y Alex intenta darme esquinazo, menudo hermano, ¿eh? El taquillero me echó un vistazo y me preguntó ¿Sois hermanos? Miré al chico y al taquillero y asentí. El taquillero dijo La próxima vez quédate con él, ¿vale?, y yo volví a asentir. Luego escaneó los billetes y nos dio los números de asiento.

El chico me ayudó a subir la carretilla al tren. Había dos niveles, arriba y abajo, y nuestros asientos estaban en el de arriba. Tuvimos que atravesar varios vagones hasta llegar al que admitía mascotas, y entre uno y otro hay puertas de metal con botones grandes y rectangulares que se abren automáticamente al pulsar y hacen *chiuuu*, como en una nave espacial. Mola MUCHÍSIMO. ¡Ojalá tuviera puertas así en casa!

El tren no iba tan lleno como yo creía. La mitad de los asientos estaban vacíos. Y supongo que aún era bastante temprano porque vi a gente mayor y a familias con niños pequeños que iban casi todos durmiendo, menos un hombre calvo que llevaba una túnica gris, como un maestro de artes marciales.

Al pasar junto a su asiento me sonrió y le hice una reverencia y le dije *Namasté*, que es el saludo que tiene que hacerse a un maestro de artes marciales.

Ahora estoy en un vagón donde se admiten animales, y Carl Sagan está hecho una rosquilla en el asiento de al lado. El chico mayor ya no está con nosotros, se ha cambiado de vagón porque es medio alérgico a los gatos. Le pregunté ¿No deberías sentarte en el asiento que te asignaron en taquilla?, y me respondió que normalmente eso les daba igual. Dijo que, si alguien me preguntaba si estaba solo o si me molestaban, no tenía más que ir a buscarlo, y se lo agradecí. Gracias por hacerte pasar por mi acompañante. Me dijo Sin problema, ojalá encuentres lo que andas buscando, y le dije que no buscaba nada. Voy a lanzar un cohete, ¿no te acuerdas? Se rio y asintió, Es verdad, y se marchó y...

¡Ay, JO, seguro que se refería a los sonidos terrestres que os quiero mandar! ¡Claro, era eso lo que...! ¡Eh! ¡A lo mejor tiene novia! ¡Podría ser el hombre enamorado que necesito! Luego lo buscaré y le preguntaré.

Nueva grabación 6

7 min 36 s

¡Ya casi estamos en Nuevo México! Ahora el tren va a toda máquina… ¡A toda pastilla!

Cuando empezamos a movernos tuve una sensación un poco rara. Los frenos hicieron *chsss* y de repente los edificios junto a la estación empezaron a pasar por delante de nosotros, primero despacio y cada vez más rápido, y yo pensé que a cada segundo que pasaba estaba más lejos de casa y de mi madre, casi como las *Voyager 1* y *2*, que a cada segundo se adentran más en el espacio, más lejos de su hogar, más lejos de la Tierra. Supongo que es distinto, porque yo acabaré volviendo…

NIÑA SIN IDENTIFICAR: ¿Qué haces?

ALEX: Ah, hola. Estoy haciendo grabaciones para mandarlas al espacio.

NIÑA SIN IDENTIFICAR: ¡Qué mono tu perro!

ALEX: Está… ah, está escondido bajo el asiento porque los desconocidos lo ponen nervioso. Se llama Carl Sagan. Le puse el nombre de mi héroe, el doctor Carl…

NIÑA SIN IDENTIFICAR: ¿Y Car Saban y tú habéis visto el vagón mirador?

ALEX: ¿Eso es parte del tren?

NIÑA SIN IDENTIFICAR: Es la parte de atrás. Está antes del vagón restaurante y es muy chulo, ¡todo de cristal!

ALEX: Hum, pero si fuera todo de cristal se rompería, ¿no?

NIÑA SIN IDENTIFICAR: Es de cristal muy duro.

ALEX: Mola. Pues aún no lo he visto, pero ahora iba a ir a echar un vis…

NIÑA SIN IDENTIFICAR: ¿Jugamos a las Battlemorph?

MUJER SIN IDENTIFICAR: Lacey, cielo, deja de incordiar a ese chico.

ALEX: No pasa nada, señora, no me molesta. Claro que juego contigo.

LACEY: ¿Cómo te llamas?

ALEX: Me llamo Alex.

LACEY: Yo me llamo Lacey y tengo cinco años y medio. ¿Y tú?

ALEX: Yo, once. ¿Esa es tu madre?

LACEY: Ajá. Y esa es mi hermana. Se llama Evan.

ALEX: Es un nombre muy raro para una niña.

LACEY: Se llama Evan y tiene tres años. ¿Y tu madre?

ALEX: En casa, en Rockview. Seguramente ahora estará comiendo lo que le dejé preparado, a menos que…

LACEY: ¿Te obliga a ponerte ropa de señor?

ALEX: ¿Lo dices por la chaqueta marrón? Mi héroe tenía una igual que esta, y también un jersey rojo de cuello vuelto. Se lo ponía siempre en su programa *Cosmos*, el original, no el de Neil deGrasse Tyson.

LACEY: ¿Y no te da calor?

ALEX: Un poco, pero en Forocohetes.org nos han dicho que vayamos bien abrigados porque por la noche en el desierto puede hacer frío. Voy al FCGAS, que son las siglas del Festival de Cohetes…

LACEY: En mi cole uno de mis profes lleva chaquetas como la tuya. Es muy, muy simpático. Cada vez que te chivas de alguien te da tres caramelos, y si te equivocas, te dice No pasa naaada. Es muy majo, muy majo.

ALEX: Ya, sí que lo parece.

LACEY: ¿Tú has jugado alguna vez a las Battlemorph?

ALEX: Sí, en casa de Benji, mi mejor amigo.

LACEY: ¡Vale! Esta carta es para ti, y esta para mí, y esta para ti…

ALEX: Tenía muchas ganas de que viniera conmigo, pero está en Chicago con su familia y el novio nuevo de su madre. Sus padres están divorciados.

LACEY: ¿Divorciados?

ALEX: Ajá. Me enteré en quinto porque Benji se echó a llorar en medio de un partido de vóley, y el señor Sanford le preguntó ¿Estás llorando? y Benji le dijo que no con la cabeza, pero yo sabía que sí porque lo tenía justo al lado. Luego se tuvo que ir al baño...

LACEY: Y esta para ti, y esta para mí, y esta para ti...

ALEX: Y yo también fui al lavabo para ver si se encontraba bien, y entonces me contó que sus padres se iban a divorciar. Me dijo que su padre le había contado que se iba de casa porque quería a Benji y a su madre, y le contesté No tiene ningún sentido, cuando quieres a alguien no vas y te marchas.

LACEY: Mi mamá me quiere mucho.

ALEX: ¿Puedo mirar mis cartas?

LACEY: Puedes mirar tus cartas. Yo he repartido, así que me toca primero. Yo saco esta larva... ¡y se transforma!

ALEX: Hum...

LACEY: Te toca.

ALEX: Vale. Cojo carta.

ALEX: Tendrías que ver la colección de Benji. Le encantan las Battlemorph. Tiene la baraja de entrenador y la aplicación de mejora, y no hace otra cosa que jugar, sobre todo cuando hace calor, lo único que quiere es quedarse en casa todo el día jugando a las Battlemorph o al Call of Duty.

LACEY: Hay una niña en mi calle que se llama Maya y lo único que hace es quedarse en casa todo el día, y es mala malísima con todo el mundo. Solo le gustan los gatos…

MADRE DE LACEY: Lacey, ya sabes que si no puedes decir nada bueno de alguien, mejor no…

LACEY: […]

MADRE DE LACEY: ¿Mejor no qué, Lacey?

LACEY: Mejor no decir nada.

[silbido del tren]

MADRE DE LACEY: Exacto, mejor no decir nada.

LACEY [*a Alex*]: Una vez Maya se chivó al profe y le dijo que un amigo, que también es su amigo, y yo le habíamos robado el lápiz, ¡pero era mentira! ¡Maya es una mentirosa!

MADRE DE LACEY: Lacey, ¿qué te acabo de decir?

LACEY: ¡MAMA, pero es verdad! ¡Es una men…!

MADRE DE LACEY: ¿Tengo que castigarte?

LACEY: No, ma…

[bocinazo]

ALEX: Estamos perdiendo velocidad.

LACEY: ¿Ah, sí? ¿Y por qué?

ALEX: Qué raro… No se ve ni un alma. Estamos en medio del desierto.

LACEY: Ma, ¿por qué nos paramos?

MADRE DE LACEY: Cielo, no lo sé. Ven a terminarte las patatas.

LACEY: Tengo que irme.

ALEX: Toma tus cartas.

LACEY: Me ha gustado jugar contigo.

ALEX: A mí también me ha gustado jugar contigo.

[bocinazo]

LACEY [*a lo lejos*]: Mamá, ¿puedo beber un poco? ¿Puedo be...?

ALEX: Vaya, acabamos de pararnos del todo. Hay gente mirando por la ventana, intentando averiguar qué pasa.

ALEX: No creo que haya sido un choque... Lo habríamos notado.

ALEX: No se ve... la parte... de delante...

ALEX: Voy a echar un vistazo. ¡Esperad!

Nueva grabación 7

6 min 3 s

Seguimos parados. Y ya han pasado… ay, ay, ay, han pasado casi dos horas. Tengo las piernas dormidas. Bueno, dormidas, dormidas, no; es una expresión.

Cuando el tren se detuvo, un empleado abrió las puertas y dijo que si queríamos podíamos bajar, que nos íbamos a quedar allí un rato, así que saqué a Carl Sagan para que hiciera pis y caca. Y entonces vi la ambulancia.

Nos acercamos a ver qué pasaba y otros pasajeros que también estaban fuera hicieron lo mismo. En la parte trasera de la ambulancia, los médicos estaban hablando con el enfermo. Carl Sagan y yo nos acercamos y vimos que era un chico con máscara de oxígeno, que no paraba de asentir o negar con la cabeza cada vez que le preguntaban algo. Nos acercamos más aún y pude verle bien la cara y también la bandana azul… ¡Era el chico mayor!

Cuando lo reconocí se me revolvió un poco el estómago. Como cuando me atiborro de helado y me duele la tripa, o se me hiela el estómago y ya no me apetece comer nada en todo el día. Algo parecido. Y creo que a Carl Sagan le pasó lo mismo, porque lloraba y se escondía detrás de mí, más que de costumbre.

Había un empleado junto a la ambulancia, y le pregunté ¿Qué ha pasado? ¿Le ha dado un infarto? Pero me dijo que me apartara y volviera con mis padres. Miré al chico y tenía aspecto de estar agotado, y me devolvió la mirada y luego bajó la vista. Creo que no me reconoció. Quería decirle que ya había entendido a qué se refería cuando me dijo Ojalá encuentres lo que andas buscando, pero luego me di cuenta de que ni siquiera sabía cómo se llamaba porque se me había olvidado preguntárselo. El empleado me repitió que me apartara.

Me eché hacia atrás para dejarle sitio, pero seguí mirando al chico, sin prestar atención, y choqué muy fuerte contra alguien. Dije ¡Uy! ¡Lo siento! Me di la vuelta y vi al maestro de artes marciales, pero era mucho más bajo de lo que creía, porque cuando lo había visto estaba sentado. Se llama Zed, pero eso yo aún no lo sabía, le volví a decir *Namasté*, y él rebuscó dentro de su túnica y sacó una pizarra del tamaño de un iPad. Era su pizarra personal. Escribió ¿Tu Hermano? y señaló hacia la ambulancia.

Volví a mirar al chico y luego a Zed, que no parecía el tipo de persona que me fuera a meter en líos, porque los maestros de artes marciales solo pelean cuando no tienen alternativa. Así que le respondí No, no es mi hermano. Borró lo escrito y volvió a enseñármela. ¿Viajas Solo? Le respondí que no, que iba con Carl Sagan, y los dos miramos a Carl Sagan, que seguía escondido tras mis piernas.

Zed se puso en cuclillas y pensé que iba a dar una Patada del Tigre Acuclillado, pero solo estaba saludando a Carl Sagan, que se levantó, le olió la mano y volvió a ponerse detrás de mis piernas. Le pregunté a Zed ¿Por qué utilizas una tiza, te has quedado mudo?, y escribió Voto de Silencio. Le pregunté su nombre y lo escribió, Zed.

Vimos que los médicos le tomaban la presión al chico mayor y le alumbraban los ojos con una linterna. Era un chequeo, como los que me hace a mí cada año el doctor Turner, mi médico de Rockview. Después le quitaron la máscara y Zed escribió Buena Señal en su pizarra, pero metieron su mochila en la ambulancia, así que yo no estaba tan seguro de que fuera buena señal. Entonces el empleado nos dijo que seguramente estaba bien, pero que se lo llevaban al hospital por si acaso.

Aunque la ambulancia ya se ha ido y estamos todos de vuelta en el tren, aún seguimos aquí. No sé por qué tarda todo tanto… ¿No deberíamos…?

¿Qué pasa, Zed?

[tiza]

Zed escribió ¿Va Todo Bien?

Perdona, es que… es que me ha dado un calambre en las piernas porque Carl Sagan y yo nos vamos al FCGAS, a Nuevo México, para lanzar mi iPod de Oro al espacio. Se supone que vamos a ir en coche con gente de Forocohetes, y que nos van a esperar en el Hamburgódromo de Blake, junto a la estación, pero no sé si seguirán allí cuando lleguemos.

[tiza]

¿Tú también? ¿TÚ TAMBIÉN VAS AL FCGAS? ¡Pero yo pensaba que eras maestro de artes marciales!

[risa de Zed]

¿Cómo te llamas en Forocohetes? ¿Y dónde está tu cohete?

[tiza]

Acababa de escribir No Uso Internet, y debajo Amigos con Cohete.

¿O sea que tampoco tienes teléfono?

Zed dijo que no.

¿Y si llegamos muy, muy tarde y tus amigos y los demás piensan que no vamos? ¿Y si se marchan sin nosotros porque nadie los ha llamado?

[tiza]

Zed dice Ya nos las apañaremos.

No sé. Ojalá que sí…

Pero sigo sin entender por qué seguimos aquí parados…

[tiza]

¡Ah, no, aún no he visto el vagón mirador! Pero una niña, Lacey, me ha dicho que es todo de cristal, así que quizá deberíamos ir. A lo mejor así averiguamos por qué estamos parados. ¡Gran idea, Zed!

[risa de Zed]

Nueva grabación 8

5 min 27 s

POR FIN nos movemos. ¡Llevábamos parados en el mismo sitio casi dos horas! Zed y yo hemos venido hasta el vagón mirador y no es todo de cristal, como decía Lacey, es más bien mitad vagón, mitad cristal. Eso sí, las ventanas son ENORMES. Son curvadas y llegan hasta el techo, y también hay sillas frente a ellas, así que se puede ir mirando el paisaje como si fuera la tele.

En cuanto el tren se puso en marcha el desierto plano de afuera se transformó en un desierto montañoso. Zed miraba el paisaje y yo miraba a Zed, y él movía los ojos de un lado a otro a toda velocidad, viendo pasar las piedras y los arbustos marrones de fuera. Zed me recuerda un poco a mi profesor de ciencias, el señor Fogerty, que está muy gordo y tiene el pelo gris; solo que Zed no es tan mayor y es un poco más bajo, y no tiene pelo. Es como la versión en hobbit y en calvo del señor Fogerty...

[carcajada]

Ese es Zed, que se ha vuelto a reír. Acabo de conocerlo y ya se ha reído más que ningún otro amigo. Y cuando lo hace se le encoge todo el cuerpo, y luego se estira, como cuando se hincha un globo.

[risa de Zed]

¡Otra vez!

Le he dicho a Zed que no me creo que no use internet. Le pregunté ¿Cómo no vas a tener internet?, y le aseguré que yo no tendría ni idea de qué hacer si estuviera en su piel, porque no podría aprender cosas nuevas tan rápido. No podría meterme en Forocohetes ni en YouTube, y nunca habría descubierto el FCGAS, ni habría sabido construir un cohete, ni habría hecho PSI en Ancestry. com. Zed escribió Cuéntame Más en su pizarra, así que le dije que una de las cosas que habría encontrado en Ancestry.com sobre mi padre era una licencia de ingeniero civil, que busqué en Google lo que era un ingeniero civil y descubrí que era alguien que diseña carreteras, puentes y cosas así.

Zed volvió a levantar la pizarra, que ponía aún Cuéntame Más, y seguí dándole detalles: Cuando lo descubrí llamé a Ronnie y le pregunté Oye, Ronnie, ¿tú sabías que papá era ingeniero civil? Y me riñó: Olvídate de él, no es bueno que revuelvas el pasado, y le respondí ¡No me puedo olvidar porque para empezar no me acuerdo de nada! La pizarra de Zed ponía todo el tiempo Cuéntame Más, así que le hablé de Benji y de Carl Sagan, y de mi madre, del colegio, y cada vez de más cosas. Le conté TANTO de todo… Zed sabe escuchar, supongo, porque no dice ni pío.

[risa de Zed]

¿Qué te hace gracia?

Oye, Zed, y tú ¿por qué hiciste voto de silencio?

[tiza]

¿En serio? Pero si hablabas demasiado, ¿cuánto hablabas?

[tiza]

No sé si me gustaría no hablar. ¿Podemos probarlo?

[tiza]

[tiza]

[risa de Alex]

[tiza]

[risa de Zed]

[tiza]

[risa de ambos]

Oye, Zed, una pregunta: ¿estás enamorado? Quiero grabar con mi iPod de Oro los sonidos que hace un hombre enamorado.

Zed, ¿me has oído?

[traqueteo del tren]

[risa de Zed]

Zed se ha vuelto a encoger de hombros.

Entonces, ¿no lo sabes? ¿Cómo no vas a saberlo? ¿No es fácil saber cuándo estás enamorado de alguien? ¿Tienes mujer o novia?

[tiza]

Ha escrito Exmujer. Entonces supongo que ya no estás enamorado.

[risa de Zed]

Eh, ¿sabes que al reírte rompes el voto de silencio? A lo mejor deberías hacer voto de mutismo, eso sería más preciso.

[risa de Zed]

Me pregunto si vosotros haréis votos de silencio allí donde estéis, chicos.

Aunque ni siquiera sé si habláis.

A lo mejor os comunicáis por medio de feromonas, como las hormigas, o con símbolos en el aire, como una especie de lengua de signos.

A lo mejor en vez de cinco sentidos tenéis diez y usáis alguno para hablar, pero no lo llamáis hablar, sino otra cosa, o no lo llamáis nada en absoluto.

O a lo mejor vuestro idioma está formado solo por risas y tenéis algunas para cuando estáis contentos y otras para cuando tenéis hambre o para cuando lleváis mucho tiempo sin ver a vuestros hermanos y los echáis de menos. ¿Cómo se ríe uno para decir El FCGAS me tiene emocionadísimo? ¿Ja ja JA ji JA? ¿Ja JA ji jo jo? ¿Ja ja JA ji JA? ¿Ja JA ji jo jo JA ja?

[risa de Zed]

Nueva grabación 9

7 min 4 s

El retraso no fue de dos horas, no. Fue de DOS HORAS Y MEDIA. Cuando llegamos a Albuquerque ya empezaba a anochecer y el cielo estaba de color amarillo claro. Había un montón de gente y un montón de coches. Zed me ayudó a bajar la carretilla del vagón y le metí prisa. Le dije Vamos corriendo al Hamburgódromo de Blake, pero el amigo de Zed ya lo estaba esperando en la estación.

Se llamaba Steve en la vida real y SteveO en Forocohetes, y me enteré de que compartía cuarto con Zed y de que vivían en Los Ángeles. Le dije Eh, Zed, ¿por qué no me has contado que Steve vendría a la estación a esperarte? ¿Por qué no me has contado que vives en Los Ángeles? Zed se encogió de hombros como diciendo ¡No me lo has preguntado! Entonces les pregunté a Steve y a él si conocían a mi hermano Ronnie, porque Ronnie también vive allí y es

49

agente y todo el mundo lo llama RJ. Steve me dijo que no lo conocían.

Steve es un poco mayor que Ronnie, pero no tanto como Zed. Además, es de estatura más normal y tiene el pelo castaño claro y perilla. Aún le tiene que crecer, todavía es una perillita…

[risa de Zed]

HOMBRE SIN IDENTIFICAR: ¡Venga, que me la acabo de dejar!

ALEX: Por eso la he llamado perillita, Steve. Aún tiene que crecer.

[risa de Zed]

STEVE: Lo que tú digas.

ALEX: El caso es que cuando Steve vio a Zed y comentó Llegamos tarde, no se creía que el tren se hubiera retrasado tanto, y al verme a mí dijo Espera, tú debes de ser el que tiene que venir en coche con nosotros. Yo respondí ¿Ah, sí?

ALEX: Lo que pasó fue que todos los que estaban en el Hamburgódromo se adelantaron, pero Calexico avisó a Steve de que yo también iba en el tren, y como él tenía que esperar a Zed se ofreció a llevarme. De todas formas, no sabía que yo era un niño, y le comenté que tenía once años, pero que si contamos la responsabiliedad tengo al menos trece. Me preguntó por mis padres y le dije que mi madre estaba en casa y que mi padre había muerto cuando yo era muy pequeño. Entonces Steve le echó una mirada a Zed y él se encogió de hombros, como diciendo Hay gente que crece sin padre. Aunque Zed no hable, me parece que empiezo a entenderlo un poco.

STEVE: Tampoco sabía que ibas a traer un perro ni... Oye, que no me manche de babas los cristales de atrás, ¿vale?

ALEX: Vale. Chico, ven, vuelve a sentarte conmigo. Ya mirarás el desierto luego.

[tintineo de un collar]

STEVE: Gracias. Y cuidado también con el asiento. Si se ensucia, mi novia se pondrá hecha una fiera. Siempre me está dando la lata para que limpie el coche, que si Límpialo por fuera y aspíralo por dentro...

ALEX: Parece que le da mucha importancia a la limpieza.

[risa de Zed]

STEVE: Supongo que sí...

ALEX: Por eso no nos has dejado entrar en el coche hasta que nos hemos terminado las patatas, ¿verdad, Steve?

ALEX: Steve nos compró unas patatas en el Hamburgó-dromo antes de pasarse por la estación.

STEVE: Sí. Te habría cogido también una hamburguesa, pero no sabía si serías vegano, como Zed. ¿Ves, Zed? Por eso estoy siempre insistiéndote para que te compres un móvil.

ALEX: Pero ¿cómo va a comprarse un móvil si ha hecho voto de silencio?

STEVE: Por lo menos podría mandar mensajes.

ALEX: Oye, Steve, ¿qué era eso del maletero que llevabas envuelto en plástico de burbujas? ¿Vuestro cohete? ¡Parecía gigante!

STEVE: Sí, te lo enseñaré cuan...

[teléfono]

STEVE: Un segundo.

[pitido del manos libres]

STEVE: Hola, cielo, ¿qué tal?

STEVE: Perdona, iba a llamarte...

STEVE: Sí, ya sé que te lo dije. El tren de Zed se retrasó, y además llevamos a un chaval que...

STEVE: Ya te he pedido perdón.

ALEX [*susurrando*]: Oye, Zed, ¿con quién habla Steve?

[tiza]

STEVE: Que no. Ya te había dicho que pasaríamos el fin de semana fuera.

STEVE: Hace dos semanas.

STEVE: ¿Qué pasa?

STEVE: Escucha, lo siento. Pero sí que te lo dije...

ALEX: Tiene pinta de ser un bicho.

[risa de Zed]

STEVE: No es nada. Es Zed.

STEVE: Oye, ¿no podemos hablar cuando vuelva? Perdona por no haber…

STEVE: Vale. Adiós.

[pitido del manos libres]

[coche adelantando]

ALEX: Era Steve hablando con su novia. Tiene manos libres, que es un aparato que te pones en la oreja y te permite conducir y hablar al mismo…

STEVE: Alan, ¿puedes…?

ALEX: Soy Alex.

STEVE: Lo siento… Alex. ¿Puedes dejar eso un rato? Quiero escuchar música.

ALEX: Vale.

Nueva grabación 10

9 min 46 s

Cuando llegamos al FCGAS, ya casi era de noche. Ahora es noche cerrada, y si os parece que hablo bajito es porque estoy susurrando. Me parece que la mayoría están dormidos.

Aún no nos ha dado tiempo a conocer a nadie. Calexico y los que iban con él ya se habían metido en las tiendas y en las caravanas. La ubicación es un desierto totalmente plano con grandes cordilleras a lo lejos, y cuando al acercarnos vi las tiendas y las caravanas por primera vez, me pareció que entrábamos en una colonia de Marte, solo que, en vez de ser todo rojo y naranja, era dorado y marrón, con un poco de morado.

Tendría que haber practicado montando la tienda antes de venir. Steve aparcó el coche delante de donde íbamos a acampar y dejó los faros encendidos para que pudiéramos ver; yo miraba cómo Zed y él montaban su tienda e intentaba hacer lo mismo que ellos. Pero es más difícil de lo que parece. Además, Carl Sagan no paraba de subirse encima de la tienda, y sé que trataba de ayudar, pero no me lo ponía nada fácil, así que empecé a gritarle que se apartara y se echó a llorar.

No quería enfadarme con él, es que estaba frustrado porque los chicos ya habían acabado de montar su tienda, y la nuestra aún era bidimensional.

Supongo que Zed me oyó gritar u oyó llorar a Carl Sagan, porque se acercó. Mientras él montaba mi tienda, yo sujetaba la correa de Carl Sagan. Casi tuvo que ponerse de puntillas para enganchar las varillas, pero al final lo consiguió y mi tienda dejó de ser bidimensional. Ya se tenía en pie. Metí dentro a Carl Sagan y luego clavamos la tienda al suelo con las piquetas, que son como eles cabeza abajo y que de picos solo tienen el nombre.

Steve apagó las luces del coche y encendió su propio faro, que era una linterna que llevaba en la frente y con la que alumbraba allá donde dirigía la cabeza para mirar. Mola un MONTÓN. Metimos todas nuestras cosas en las tiendas y Zed señaló la que compartían él y Steve, como diciéndome ¿Te vienes un rato?

Le di las gracias por la invitación, Luego quizá, tengo que acabar de encolar el cohete. Le expliqué que me lo había traído desmontado porque, si no, no habría cabido en la bolsa de loneta, así que aún me faltaba pegar todas las partes antes del lanzamiento de mañana, porque hay que dejar secar la cola y tarda bastante.

Zed se quedó quieto un segundo, levantó el pulgar y se metió en la tienda que compartía con Steve. Yo me metí en la mía a terminar mi cohete. Tenía que sujetar la linterna con los pies mientras iba pegando las distintas partes, ojalá tuviera dos brazos más, o al menos un faro como el de Steve. Tardé SIGLOS en encolarlo todo. Bueno, siglos no, porque si no aún seguiría en ello, pero tardé como una hora. Cuando acabé Carl Sagan ya estaba dormido como un tronco. Le eché un vistazo a la tienda de los chicos y aún había luz.

Me acerqué y pregunté ¿Aún seguís despiertos?, y Zed abrió la cremallera y me dejó pasar. Su tienda era mucho más grande de lo que parecía desde fuera, era DESCOMUNAL. Bueno, no tanto como la de Harry Potter en los Mundiales de Quidditch, pero aquello era una peli con efectos especiales. En la de los chicos cabrían unas siete personas.

Me senté sobre el saco de dormir de Zed porque él estaba encima de un cojín redondo, y Steve tenía debajo su propio saco. El faro colgaba del techo sujeto por un clip, igual que un candelabro, y él tenía una latita en la mano. Le pregunté ¿Bebes Red Bull, Steve?

Tomó un sorbo y me respondió que era parecido, pero mil veces mejor que el Red Bull. Era una bebida energética que se llamaba OXLI, una especie de siglas para Oxígeno Líquido, y me enseñó la lata. Debajo del logo ponía «Combustible espacial para humanos». Steve me dijo que no llevaba combustible de verdad, pero tenía vitaminas, así que te daba fuerzas y además era sano. «Combustible espacial» era una metáfora que hacía referencia a cómo te sentías al tomarlo. Le pregunté qué era una metáfora, y me explicó que era cuando se describe algo mediante otras palabras, porque una descripción normal sería demasiado larga.

Steve me preguntó si quería comprar OXLI, él lo vendía en el FCGAS a dos dólares la lata, y que si conseguía que tres personas convenciesen cada una a otras tres para vender OXLI, él se llevaría un BMW, y que si yo conseguía convencer a tres amigos para que convencieran a otros tres de que lo vendieran, también me regalarían un BMW. Le respondí No, gracias, todavía no sé conducir y además estoy ahorrando para comida o para alguna urgencia, pero a lo mejor a Ronnie le interesa lo del BMW porque es agente. La próxima vez que lo llame le preguntaré.

Steve no se podía creer que mi madre y Ronnie me hubieran dejado venir solo, y le dije que les suele dar igual lo que hago, con tal de que no los moleste mucho. Luego Steve y Zed se miraron, y Steve me dijo que ojalá sus padres le hubieran dado esa libertad cuando era niño. Les hablé del trabajo de Ronnie y me enteré de que Zed iba en el mismo tren que yo porque venía de un retiro en Colorado. Le pregunté ¿Estabas en retirada porque te perseguía un ejército de ninjas? Se rio y volvió a encogerse de hombros, como si no tuviese ni idea, pero Steve me contó que no era una retirada, sino un retiro, que es cuando un grupo de personas se van a un lugar apartado para pensar. Yo les dije que me pasaba el día pensando, que no me hacía falta irme a ninguna parte para hacerlo.

Por cierto, ¡por fin he visto el cohete de los chicos! Steve lo sacó del coche: era blanco y azul y casi tan grande como yo, y molaba un MONTÓN. Steve lo había llamado *Linda*, por su novia. Va a concursar para ganar el Trofeo Civet, un premio de 50.000 dólares para la persona o el equipo cuyo cohete consiga elevarse a 200.000 pies y luego aterrizar sin problemas. Steve aseguraba que iban a ganar, porque él, Zed y su otro compañero de habitación, Nathan, habían diseñado ellos mismos el cohete, y Nathan era un cerebrito en matemáticas, pero no ha podido venir este fin de semana porque es programador y tiene que hacer horas extras.

Steve estaba emocionadísimo por lo de mañana, 50.000 dólares no son moco de pavo. Yo le dije Eso me recuerda algo: ¿vosotros contáis chistes de astrónomos? Siempre ando a la caza de los mejores. Respondieron que no, así que les conté uno que me sabía.

¿Por qué el científico estresado se fue de vacaciones a la Luna en vez de a la playa?

Porque necesitaba Tranquilidad y Serenidad.

Ninguno se rio y pensé que a lo mejor no lo habían entendido, y les dije que en la Luna había dos mares, el de la Tranquilidad y el de la Serenidad, y, claro, normalmente uno va al mar para relajarse, claro que en los de la Luna eso sería imposible porque no son mares terrestres, son planicies enormes.

Al final Zed se echó a reír y yo me quedé más aliviado: Menos mal que os lo he explicado, y entonces él empezó a reírse más fuerte. A Steve también le hizo gracia y repitió el chiste en voz alta; bueno, el chiste entero no, solo el final. Tranquilidad y Serenidad…, y volvió a partirse de risa.

Cuando ya se nos había pasado la risa, a Steve volvió a llamarlo su novia, y aunque al principio intentaba hablar bajito, fue subiendo cada vez más el tono, así que se fue al coche para hablar tranquilamente. Pensé que Steve podría ser mi hombre enamorado porque tenía novia, y se lo comenté a Zed. Me pareció que fruncía las cejas, pero a lo mejor fue que había poca luz, porque luego se volvió a reír y se encogió de hombros.

Al rato volvió Steve. Supongo que no le apetecía estar tanto rato al teléfono, y en cuanto llegó abrió el saco de dormir y se puso a ahuecar la almohada. Dijo Ya es algo tarde, necesito dormir porque estoy agotado de conducir y de esperar el tren, y le contesté Eh, Steve, a lo mejor ese OXLI no hace tanto efecto cuando uno está cansado. Zed se rio y escribió Vamos a Ver las Estrellas. Me pareció una idea genial.

Abrí la cremallera y salí con él. Levantamos la vista y vi UN MONTÓN de estrellas, muchas más que en Rockview. Oí que Zed escribía algo, así que lo alumbré con la linterna y en la pizarra ponía Parece Agua. Le dije que no estaba de acuerdo, porque cuando miras algo a través del agua la imagen está borrosa, y hoy el cielo está mucho más nítido. Más bien era como un cristal después de limpiarlo, le comenté.

Zed escribió Cuéntame Más, y le conté que mis padres se habían conocido en una noche igual a esta. Me lo contó mi madre cuando yo tenía ocho años. Dijo que estaba en la universidad, trabajando a tiempo parcial en el banco, y mi padre fue a cobrar un cheque. Cuando se conocieron, surgió el amor a primera vista. Él le preguntó si podía llevarla a cenar, y al principio ella le dijo que no, pero él era un zalamero y acabó convenciéndola. Después de cenar subieron en tranvía al monte Sam y allí contemplaron todo Rockview, y miraron hacia arriba y vieron las estrellas. Allí se dieron el primer beso. Le dije a Zed que seguro que fue como en *Contact*, cuando la doctora Arroway conoce a Palmer Joss y se sientan en Arecibo, bajo las estrellas y se besan por primera vez. Fijo que fue así.

También le dije que me preguntaba qué habría cenado mi madre. No sabía cuál de los táperes se habría calentado: ¿el de sopa de patata y zanahoria?, ¿o a lo mejor el de carne en lata con arroz y huevos revueltos, porque quizá le apetecía desayunar a la hora de la cena? Zed no decía ni una palabra. Nunca dice nada, pero por algún motivo parecía más callado de lo normal. Pasó un rato y oí que soplaba el viento, pero no era una tormenta de arena, solo una brisilla. Miré a mi alrededor y vi que algunas de las tiendas y de las caravanas aún tenían las luces encendidas.

Le pregunté a Zed ¿No te parece interesante que haya gente en todas las tiendas y en las caravanas, personas iguales que nosotros, que querrán lanzar mañana sus cohetes, y que mañana vayamos a ver nosotros los suyos y ellos los nuestros?

Apunté la linterna hacia él porque pensaba que escribiría algo; pero no lo hizo, se quedó mirando el cielo.

Nueva grabación 11

6 min 23 s

¡Hola, chicos! Esta mañana, por desgracia, no tenía escorpiones en los zapatos. Si hubieran estado ahí os los habría grabado, aunque no tengo muy claro cómo suenan. Creo que sisean, como las serpientes...

A lo mejor los escorpiones del desierto solo aparecen si saben que uno está dormido, y anoche yo no pegué ojo. Lo intenté, pero el suelo estaba durísimo a pesar del saco de dormir, y el pestazo a pegamento de mi cohete me daba dolor de cabeza. Además, desde la tienda de los chicos me llegaba ruido de ronquidos. Estoy casi seguro de que era Zed. Roncaba y roncaba y luego paraba. Todo se quedaba en silencio y yo creía que ya había terminado, pero entonces daba un ronquido muy, muy fuerte, CINCO VECES más fuerte o así. Hacía un MONTÓN de ruido. A lo mejor es que se ríe y ronca muy fuerte para compensar los sonidos que no puede hacer durante el día, por el voto de silencio.

Aun así, me alegro un poco de no haber dormido. Conseguí ver el amanecer cuando salí de la tienda. A lo lejos, las montañas estaban rosas y amarillas, y me empecé a lavar los dientes con agua de la botella. Entonces vi dos puntitos que se acercaban cada vez más. La estela de polvo que dejaban tras de sí cada vez era más grande. Llegaron al emplazamiento del FCGAS y descubrí que eran una furgoneta y un camión con un tráiler, y entonces me acordé: ¡HOY ES EL LANZAMIENTO!

No me creo que ya haya llegado. La gente de la furgoneta y del camión empezó a montar tiendas muy distintas a la mía o a la de los chicos; tenían techo, pero paredes no. Del camión sacaron también unas mesas y unas sillas plegables, aparte de una pancarta gigante en la que se leía FESTIVAL DE COHETES DE GRAN ALTITUD DEL SUDOESTE, y una más pequeña que ponía INSCRIPCIONES. Exclamé ¡OSTRAS! y se me cayó el cepillo de la boca.

Le limpié el polvo y saqué el *Voyager 3* de mi tienda. El pegamento ya estaba seco, así que corrí hacia la mesa para inscribirme y entonces reconocí a uno de los organizadores... ¡Era Ken Russell, de Suministros Espaciales K&H!

Supe quién era porque en Forocohetes cuelga vídeos de YouTube grabados desde su tienda de Nuevo México, y porque tiene la barba roja y tupida y llevaba un polo verde, como en sus vídeos. Estaba sacando cables del tráiler, y le dije ¡Hola, Ken! Me encantan tus vídeos y he pedido todos los componentes de mi cohete a tu tienda, ¿te acuerdas de que le enviaste un paquete enorme a Alex Petroski, de Rockview, Colorado?

Ken se dio la vuelta y me miró sorprendido, pero luego sonrió y recordé que tenía los incisivos completamente separados. Seguro que se le da genial silbar. Dijo que, de hecho, se acordaba de mi pedido, y se fijó en que tenía el *Voyager 3* en las manos y preguntó ¿Es este? Contesté que sí y aseguró que era un cohete bonito. Le dije que quería inscribirme, pero antes quería hacerle algunas preguntas: no estaba muy seguro de a qué concurso apuntarme, porque me habría encantado intentar ganar el Trofeo Civet; sin embargo, mi cohete iba a mandar mi iPod de Oro al espacio, así que no iba a volver a la Tierra.

Ken volvió a mirarme y se quedó callado durante un rato. Luego me preguntó qué tipo de motor llevaba mi nave, y le respondí que uno de clase D, pero que con el simulador de OpenRocket había comprobado que podría subir a una altura suficiente como para salir de la atmósfera. ¿Ah, sí?, se extrañó Ken. Le aseguré que sí, y me recomendó que me apuntara en la categoría D, que era en la que participaban los cohetes con motor de clase D.

Pero espera un momento. Voy a acabar de descargar el camión.

Le pregunté a Ken dónde iban a tener lugar los lanzamientos y señaló una zona despejada, lejos de las tiendas, y luego empezó a sacar las plataformas de lanzamiento. Al verlas me sorprendí: ¿ESAS son las plataformas? ¡Pero si no lo parecen! Tenían barras de lanzamiento, pero más que plataformas parecían a unas vallas de obstáculos, como las de los juegos olímpicos… Eran vallas de lanzamiento, no plataformas.

Ken descargó las vallas, le ayudé a conectar los cables y nos sentamos en una de las mesas, y encontró mi nombre en su portátil, en la lista de usuarios registrados. En la columna junto a mi nombre escribió una D, de Clase D, y dijo que ya estaba todo preparado. ¡Era el primer participante oficial! Me preguntó si había venido solo y le dije que me acompañaban Zed, Steve y Carl Sagan, pero que aún dormían.

Le pedí su portátil para leer el correo, porque Benji me había prometido fotos de Chicago, y Ken me lo dejó. Claro, es todo tuyo. Le aseguré que no, que el portátil era suyo, pero que le agradecía que me lo dejara. Ken se rio, y me preguntó si alguna vez se le quedaría comida entre los dientes.

Entré en mi cuenta, pero, al contrario de lo que creía, no tenía ningún correo de Benji. El único que había era de

Ancestry.com, y decía Hemos encontrado referencias que podrían coincidir con el árbol genealógico de la familia Petroski.

Me metí en Ancestry y, debajo de donde ponía Registros Públicos de Estados Unidos, leí el nombre de mi padre, Joseph David Petroski. Hice clic y volví a ver su nombre, esta vez en un documento que se llamaba Registro Civil de Nevada. Era rarísimo: una persona con el mismo nombre y fecha de nacimiento que mi padre, pero de Las Vegas, no de Rockview. También incluía el nombre de su mujer, una tal Donna, pero mi madre no se llama así; además, mis padres se casaron en Colorado, no en Nevada, así que estoy bastante seguro de que es casualidad. A veces estas cosas pasan… Ancestry.com me manda datos de gente que se llama igual que mi padre, pero ninguno de ellos es mi padre…, aunque esta es la primera vez que la fecha de nacimiento coincide.

El caso es que cerré el correo y le di las gracias a Ken por dejarme su ordenador, y ahora estoy de vuelta junto a mi tienda y la de los chicos. Carl Sagan ya se ha despertado y Steve ha ido a buscarnos el desayuno; Zed está sentado sobre su cojín redondo, lejos de las tiendas, mirando al vacío. Creo que está meditando.

Ya se van levantando los demás campistas, y cada vez llegan más en coche… ¡Ay! ¡Esa me suena! Creo que esa es

Frances19. ¡Vaya! Su cohete es morado brillante, y tiene el pelo del mismo color.

¡Carl Sagan! ¡Ven, chico, ven!

[tintineo de un collar]

¡Vamos a conocer gente!

 **Nueva grabación 12**

5 min 17 s

Todo… el mundo… MOLA… MUCHÍSIMO.

Nunca había conocido a tantos apasionados como yo de los cohetes. Hay algunos chicos de mi edad, pero la mayoría son mayores, y soy el único que ha venido sin sus padres. A muchos les ha sorprendido que viniera solo, pero algunos comentaban No me extraña nada, visto lo que publicas en el foro. Les enseñé el *Voyager 3*, mi iPod de Oro y mi carné de la Sociedad Planetaria. Todos alucinaban: ¡Hala, qué pasada! Había pensado que Carl Sagan se pondría nervioso entre tanta gente, que se echaría a llorar y se le erizaría el rabo, y al principio fue así; luego se acostumbró y le encantaba la gente, y a ellos también les encantó Carl Sagan. Me dijeron que era un nombre ideal para un perro.

¡Oh, y por fin he conocido a Calexico! Me lo había imaginado de la edad de Ronnie, pero era mucho mayor, mucho más que mi hermano: tenía el pelo blanco y recogido en una coleta, y llevaba puesta una camiseta psicodélica teñida en la que se leía PAZ, AMOR Y COHETES. Un montón de asistentes tienen camisetas chulísimas que quiero para mí. Frances19 tiene una que dice MOMENTO CINÉTICO: EL MUNDO SIGUE GIRANDO. Ganímedes y Europa llevan camisetas con un SALVEMOS A PLUTÓN estampado, y además los dos tienen pendientes, pero no en las orejas, sino en los labios: son más bien labientes. Conocí también a Platera, a Bebop y a BuzzAldrin, que no es Buzz Aldrin de verdad, solo le copió el nombre porque Buzz es su héroe, y quizá también porque lleva el pelo corto, igual que él. Me contó que vivía en Las Vegas, y yo le dije Hay un hombre en Las Vegas que se llama igual que mi padre y cumple años el mismo día, ¿verdad que es raro? Respondió Pues sí, sí que es raro.

¡Y también he visto muchísimos cohetes! La mayoría son enormes y brillan, y son… bueno, mucho más grandes que el *Voyager 3*. Los más impresionantes son sin duda los de los equipos universitarios. Van a intentar ganar el Trofeo Civet, y tienen unos cohetes GIGANTESCOS, mucho más grandes que el de Steve. Una de las naves se llama *Skywalker II* por Luke Skywalker, el protagonista de *La guerra de las galaxias*. Otra es el *Ptolomeo IV*, que tiene ese nombre por Claudio Ptolomeo, un griego de la Antigüedad. Cada equipo tiene sus propias plataformas y sus camiones, y están patrocinados por grandes empresas como CivSpace, MST Engineering y Praxa Aero.

A muchos les gustaría que Lander Civet se pasase por aquí, pero no tienen muchas esperanzas: solo las justas. Lander es consejero delegado de CivSpace y uno de los impulsores del Trofeo Civet, y supongo que ahora estará hasta arriba de trabajo porque su empresa va a lanzar un satélite a Marte la semana que viene. Siempre leo artículos en Forocohetes y en las revistas del señor Bashir, y hablan de que quiere crear una colonia humana en Marte. Una vez lo vi en las noticias de la tele: es calvo, igual que Zed, y siempre lleva traje, como Ronnie. El periodista le preguntó por qué gastaba su fortuna en intentar ir a Marte. ¿No podía emplearla para otra cosa?

A mi héroe también le hacían siempre preguntas de este tipo. Decían Tenemos multitud de problemas aquí en la Tierra, como el calentamiento global o las guerras en Oriente Medio, o los niños que mueren de hambre en África y no tienen agua potable, así que ¿por qué debemos intentar ir a Marte o entablar comunicaciones con seres extraterrestres si ni siquiera podemos solucionar los problemas de nuestro propio planeta?

¿Y sabéis lo que les contestaba mi héroe? Les sugería que pensaran en lo que implicaría llegar a Marte. Decía que si podemos lograr algo tan increíble, algo que no se había conseguido nunca en toda la historia de la humanidad, entonces no había duda de que podríamos solucionar los problemas de nuestro planeta. Estoy totalmente de acuerdo.

Aunque Lander Civet no haya venido al FCGAS, sí lo han hecho miembros de su empresa. En Forocohetes se les distingue porque detrás de su nombre hay escrito CivSpace, y aquí porque todos van de polo gris, con el logo de CivSpace en el bolsillo. Hablé con ElisaCivSpace y NelsonCivSpace, que están en el equipo Júpiter, y con ScottCivSpace, que está en el equipo de RRPP. RRPP no es ningún planeta, son siglas que significan relaciones públicas. Le di un consejo a Scott: si alguna vez descubren un nuevo planeta, deberían llamarlo Relaciones Públicas, para que su equipo tenga también nombre de planeta. Scott se echó a reír y me dio unas pegatinas.

Elisa me aseguró que le habían encantado las capturas de pantalla de OpenRocket que colgué mientras diseñaba el *Voyager 3*, y me empecé a poner colorado, hoy hace un calor tremendo. Me dio su tarjeta y dijo que si quería una beca de verano les encantaría tenerme en el equipo. Le pregunté qué era una beca y me contó que era un trabajo donde te pagan con lo que aprendes. Me parecía muy interesante, pero no quería cerrarme puertas porque el señor Bashir me paga cinco dólares a la semana por ayudarle a apilar revistas en la gasolinera. Le conté que todos los meses deja que me lleve a casa las revistas científicas que no ha vendido, así que no solo me paga con lo que aprendo, sino también con dinero. Elisa me dijo que era buen negociador, que debíamos seguir en contacto y hablar del tema con mi madre antes de que acabara el próximo curso, y me deseó buena suerte para mi lanzamiento.

¡El lanzamiento! No me lo creo… ¡Voy a lanzar mi iPod de Oro al espacio!

Nueva grabación 13

5 min 28 s

PÚBLICO: Tres… dos… uno…

[rugido]

[gritos y aplausos]

ALEX: ¡Uauuu! ¡Menudo ascenso!

LOCUTOR: ¡Y con esto, queridos amigos, terminan los lanzamientos de clase C! ¡Démosles a nuestros concursantes un fuerte aplauso!

[gritos y aplausos]

ALEX: Bueno, chicos, se acabó, después de esto no grabaré más. ¡No me creo que ayer estuviera subiéndome al tren en Rockview!

ALEX: El *Voyager 3* ya está en las vallas, listo para que lo lancen con los demás cohetes, y Carl Sagan y yo estamos junto a las tiendas de inscripción, con nuestros nuevos amigos. Después de comer, llegó incluso más gente, y cuando ni siquiera había empezado el concurso, algunos cohetes ya volaban por el aire, porque sí, y había más perros y camisetas de la NASA, y perros con camisetas de la NASA, y Calexico estaba tocando la guitarra y cantando canciones que yo no había oído nunca, y...

LOCUTOR: ¡Y ahora demos la bienvenida a los concursantes de clase D! ¡D de Discovery, D de Despegue, que además es mi segundo nombre!

[risas de cortesía]

LOCUTOR: Era por ponerle un poco de chispa al tema.

[ladrido]

LOCUTOR: ¡Muy bien! Los primeros participantes de clase D son Joel y Noah Turner de Santa Fe, Nuevo México. ¡Adelante, chicos! Vamos a hacerles sitio...

ALEX: Ya sé que no he grabado tanto como me habría gustado, pero ha sido tan emocionante conocer a toda esta gente, ver los cohetes, las camisetas, los pendientes y las melenas teñidas de lila que se me ha olvidado grabar. Pero bueno, por lo menos capté el ruido de los trenes, de los coches de la autopista, del desierto por la noche y a Steve hablando por teléfono con su novia. Seguro que están enamorados. Y además...

LOCUTOR: Es la segunda vez que vemos aquí a Joel y a Noah. El año pasado ganaron el concurso de lanzamiento de huevos...

ALEX: … ahora ya sabéis cómo suenan los lanzamientos de un festival de cohetes. ¡Qué emoción!, ¿verdad? ¿VERDAD? Quizá después de lanzar mi *Voyager* pueda hacerme con otro iPod y construir otro cohete, el *Voyager 4*, y volver al festival el año que viene y lanzarlo, y luego hacer lo mismo con el *Voyager 5*, y después…

LOCUTOR: Vaya, parece que ya están listos. Empecemos la cuenta atrás, ¿os parece?

LOCUTOR: Cinco… cuatro…

ALEX: Tres… dos…

PÚBLICO: Uno…

[rugido ensordecedor]

[gritos y aplausos]

ALEX: ¡Sigue subiendo!

[chasquido]

ALEX: ¡Dos paracaídas!

ALEX: Ha estado genial.

LOCUTOR: ¡Vaya comienzo para la categoría D! Esto va a estar reñido, sin duda. Mientras Noah y su padre recuperan el cohete, recibamos a nuestro próximo concursante, ¡Alex Petroski!

ALEX: ¡ME TOCA! ¡Chicos, ha llegado la hora!

LOCUTOR: Alex ha venido desde Rockview, Colorado. Puede que lo hayáis visto hoy por aquí, la viva imagen del doctor Carl Sagan. ¡Alex, acércate!

ALEX: ¡Ya voy!

[pisadas]

LOCUTOR: Pero ¿adónde vas? Los controles están aquí, en la tienda.

ALEX: ¡Tengo que añadirle algo!

LOCUTOR: Unos ajustillos de última hora, amigos.

ALEX: Vale, chicos, espero que os guste todo lo que os he grabado. Voy a incluir también el cargador, para que no se quede sin batería. Ojalá pudiera deciros algo bonito y profundo, como habría hecho mi héroe, que todos vagamos por la inmensidad del espacio en una mota de polvo suspendida en un rayo de sol, o algo por el estilo, pero no puedo, así que, bueno, si encontráis mis grabaciones avisadme. ¡Chao! Digo... ¡Hola!

[crujidos]

[aplausos lejanos]

ALEX [*desde lejos*]: ¡Todo listo!

LOCUTOR: ¡Todo listo, gente! ¡Otra vez la cuenta atrás! Cinco... cuatro...

PÚBLICO: ¡Tres... dos... uno!

[rugido ensordecedor]

[traqueteo]

[gritos de asombro]

[ruido entrecortado y seco]

Nueva grabación 14

7 min 47 s

[viento]

[vibración de una tela]

... No puedo creer que... aún funcione.

De verdad que pensaba que se habría roto.

[resoplidos]

Seguro que pensáis... que pensáis..., pero ¿cómo está grabando si el *Voyager 3* está en el espacio?

Resulta que el *Voyager 3* no ha llegado tan alto. De hecho, no ha subido ni treinta metros...

[resoplidos]

Ya no sé lo que digo, igual que antes.

No he debido gritarle al chico ese, a Noah. No quería decir que su padre le hubiera hecho todo el trabajo. No es que lo odie, es que estoy triste porque mi cohete ha sido un chasco y el suyo subió muy arriba. El mío no ha recorrido ni la mitad de distancia. El simulador no ha servido de nada...

Pero me he disculpado con Noah, y lo ha aceptado. Su padre ha dicho que no pasaba nada. Todos me han animado de la misma manera, siempre hay un cohete que falla y nunca falta una segunda oportunidad. Les he dicho que lo sé, pero que esta vez el fallo ha sido por mi culpa.

Me dejé llevar por la emoción, y la emoción se llevó a mi yo bueno y dejó a mi yo malo, y mi yo malo encoló el *Voyager* sin luz y de forma chapucera.

[resoplidos]

El Disco de Oro no incluye información acerca de los fallos de nuestros cohetes, aunque fallar, fallaban. Mi héroe quería que fueran una buena carta de presentación, no quería decir nada de explosiones de cohetes. ¿Y si llegarais a verlos y pensarais que íbamos a detonarlos en vuestro planeta? Seguramente os asustaríais y os esconderíais. O quizá intentaríais hacernos saltar en pedazos antes de dejar que nosotros os hiciéramos lo mismo.

Aun así, mi héroe siempre decía que saber es mejor que ignorar, y es mejor descubrir la verdad y asumirla, aunque duela. Quería darlo todo, igual que él, pero también creo en la verdad; prefiero contaros lo que pasó... por qué se estrelló mi cohete.

Lo peor es que no lo logré por muy poco. Ya veis, estaba aquí, en el FCGAS, el día era precioso y había conocido a muchos amigos, que además estaban viendo el lanzamiento. Si hubiera ido con más cuidado, podría haber evitado el accidente. Ojalá hubiera hecho algunas pruebas antes…

Pensaba que el iPod de Oro se había roto, que habría perdido todas mis grabaciones. Volví a mi tienda de campaña llorando a moco tendido, y Carl Sagan estaba igual, así que lo abracé muy fuerte, hundí la cara en su pelaje y lloramos juntos.

Y luego… no sé, me puse a darle vueltas a la notificación de Ancestry.com, la del hombre que se llama igual que mi padre y nació el mismo día, pero en Las Vegas, y de hecho sigo pensando: ¿y si el hombre de Las Vegas fuera mi padre DE VERDAD? Sé que mamá y Ronnie me han contado que mi padre murió cuando yo tenía tres años, pero ¿y si está vivo y ellos no lo saben? ¿Y si no murió en el accidente? ¿Y si solo se quedó amnésico, se despertó sin recordar nada, salvo su nombre y su cumpleaños, sin recordar que tenía familia en Rockview? ¿Y si hubiera pasado eso? ¿No debería irme a Las Vegas a comprobarlo, a confirmar que es él? Después de todo, mi héroe creía en la verdad, y yo también.

Que conste que todo esto acabo de pensarlo ahora. Hace un rato aún tenía una tromba de agua saliéndome por los ojos, y estaba poniendo a Carl Sagan perdido de lágrimas. Fue peor que en la estación, ha debido de ser una tromba de categoría 4 o 5. Luego vi una sombra a través de la tienda, abrí la cremallera y era Zed. Llevaba la pizarra, pero estaba en blanco, y le dije que se largara. Me había enfadado con él, no sé por qué.

ScottCivSpace y ElisaCivSpace también se acercaron. Llevaban algunas piezas sueltas del *Voyager 3*, e intenté pedirles disculpas por lo que había pasado: Entendería que no me quisierais dar una beca.

Me devolvieron las piezas y Scott me aseguró que no pasaba nada, que a los mejores siempre les ocurren estas cosas. De hecho, lo mismo le pasó a CivSpace cuando lanzaron el *Nube 1*. ¿Ah, sí?, pregunté, y Scott respondió Sí. Me contó que por entonces aún eran una empresa muy joven; se habían pasado una eternidad trabajando en el *Nube 1*, noches y fines de semana incluidos, durante ocho meses.

Y, aun así, a la hora de la verdad, algo salió mal. Una de las líneas de combustible se averió, y la nave acabó explotando. Scott me aseguró que después de eso todos se sintieron fatal, y algunos lloraban igual que había hecho yo, porque sentían que todo su trabajo no había servido de nada.

Y entonces preguntó ¿Sabes qué pasó después? Negué con la cabeza y él siguió: Lander Civet se presentó ante todos los trabajadores y pronunció un discurso. Dijo que, desde el principio, nadie ignoraba que se producirían fallos, que aquello era ciencia espacial y que era solo la segunda vez que lo intentábamos. Lo más importante era lo que hiciéramos entonces: nuestra reacción ante el fracaso. Podíamos permitir que nos detuviera o esforzarnos el doble, averiguar qué había fallado y enmendar los errores, para que el intento siguiente fuera un éxito. Civet nos aseguró que no iba a rendirse de ninguna manera, y que esperaba que nosotros tampoco.

Tardaron solo tres meses en construir el siguiente cohete, el *Nube 2*, y fue el que llevó la nave *Zeus* hasta la Estación Espacial Internacional. Cuando Scott me contó eso, dejé de llorar un poco.

Entonces Elisa me dio mi iPod de Oro: Mira, aún funciona. Pulsé el botón central y la pantalla se encendió, como siempre. Los lanzamientos del Trofeo Civet empiezan dentro de un rato, ¿te vienes conmigo y con Scott a verlos?, me preguntó Elisa. Recordé las palabras de Lander sobre aprender de los errores, y le aseguré que no quería perdérmelo, pero primero tenía que grabaros esto a vosotros. Tengo que seguir grabando, esforzarme el doble, como dijo Lander.

Ahora me voy a ver quién se lleva el Civet y a aprender cómo construyen sus naves los universitarios, para empezar con el *Voyager 4*, y si me sale mal, aprenderé de mis errores y me esforzaré aún más, me esforzaré al máximo y construiré el *Voyager 5*, iré a Las Vegas y encontraré a mi posible padre, y si es mi padre de verdad y está amnésico, le ayudaré a recordar que tiene familia, y así podrá ayudarme con mis nuevos cohetes, igual que el padre de Noah le ayudó a él. De hecho, podríamos hacerlos más rápido y mejor, y mi padre podría ser el hombre enamorado que busco, porque querría a mi madre, y el año que viene volveríamos al FCGAS toda la familia, incluido Ronnie, y lanzaríamos nuestro cohete juntos, con su iPod de Oro, y sería fantástico. No... sería más que fantástico. Sería perfecto.

Nueva grabación 15
7 min 58 s

Chicos, ya se han marchado un montón de participantes.

Por aquí solo quedamos unos pocos. Ya no están ni las vallas de lanzamiento; Ken Russell se las llevó tras la entrega de premios, y por la mañana nos habremos ido todos. Si alguien se acerca en coche mañana y mira por la ventanilla, lo único que verá será la llanura desértica. No sabrá nada de lo que pasó aquí, habrá llegado tarde.

A lo mejor, cuando tengáis en vuestras manos mi iPod de Oro, venís a la Tierra, pero quizá lleguéis tarde y ya no haya humanos en el planeta. Por eso creo que es importante que siga grabando…, para que cuando vengáis sepáis cómo era todo.

Los demás lanzamientos de ayer fueron una pasada, chicos. Aprendí MUCHÍSIMO viéndolos. Y aunque el cohete de Steve subió altísimo, no llegó a la altura del de los universitarios. Después de verlo, Steve se puso hecho una fiera, incluso más que yo. Llamó a Nathan, su compañero de cuarto, y empezó a gritarle, y cuando el equipo Skywalker se alejó para recuperar su cohete, Steve dijo que ojalá se hubiera hecho pedazos en el aterrizaje: así no ganarían el Trofeo Civet. Durante la entrega de premios no paró de repetir que el cohete de él y de Nathan habría volado mucho mejor si también tuvieran patrocinadores, que en el próximo deberían instalar una cámara como hicieron los Skywalker para colgar el vídeo en YouTube y llevarse algo de dinero. Me da la impresión de que Steve estaba celoso.

Por cierto, al final en la categoría D se clasificaron Noah y su padre. Los vi subir a recoger el trofeo dorado y el cheque regalo de K&H, e intenté recordar lo que me había dicho Lander sobre esforzarme el doble. Me alegré por Noah y su padre: han construido un cohete impresionante, y después, en la barbacoa, Ken Russell se me acercó ¡y me regaló una camiseta de K&H!

Le pregunté ¿Y esto?, y me aseguró que era un premio especial Al Novel Más Esforzado. Me la probé y me quedaba INMENSA, la única talla que tenían era de adulto, la XL, que son las siglas en inglés de extra grande. Le pregunté ¿No tenéis alguna más pequeña?, se rio y me respondió Ya crecerás, mientras el viento le movía ligeramente la barba, que es muy espesa. Es una barba muy majestuosa.

Ken también me dio una tarjeta suya y me pidió que, si alguna vez pasaba por Taos, Nuevo México, me acercase a su tienda, a saludarlo. Le pregunté ¿Taos está cerca de Las Vegas?, y me respondió que Las Vegas estaba mucho más al oeste, y le cogí el portátil para saber exactamente cuánto, y acabé intentando cambiar el billete de vuelta a casa por uno para Las Vegas…

¡Ahí va, es Zed con la madera! Uno de los equipos universitarios estaba desmontando su plataforma y Zed se acercó por si podían dejarnos algo para la fogata. Steve se va a poner loco de contento, no paraba de hablar del fuego cuando se le pasó el cabreo. No hablaba de otra cosa más que de eso, de su OXLI y de su novia.

[madera entrechocando]

¡Zed, con todo eso vamos a encender una hoguera ENORME!

[risa de Zed]

Me parece que está ya preparándola. Está apilando un montoncito de ramitas y matojos en el suelo…

¿Qué?

Ah, sí, claro, coge un poco.

[papel rasgado]

Zed quería unas hojas de mi libreta.

Está haciendo bolas con ellas y poniéndolas junto a los matojos. Ahora se pondrá a frotar dos palos hasta que salga hu…

Ah, no, tiene un mechero.

¡Zed, así no vale!

[risa de Zed]

El papel ya está ardiendo, y algunos matojos también.

¡Zed, tenía razón Steve, se te da genial!

[risa de Zed]

Bueno, volviendo al tema, cuando estaba con el portátil de Ken intentando cambiar el billete para ir a Las Vegas, vi que tenía que pagar un extra de…

¿Qué, Zed, perdona?

[tiza]

Sí, exacto, Las Vegas.

[tiza]

A lo mejor mi padre vive allí.

[tiza]

Yo también creí que había muerto, pero según Ancestry.com hay alguien en Las Vegas que se llama igual que él, y pensé que a lo mejor no murió, solo se quedó amnésico, y…

[tiza]

Pero no tienes ni teléfono ni portátil. ¿Cómo voy a enseñ…?

[tiza]

¡Ah, claro! Usaremos el de Steve. Pero ¿y el fuego?

[tiza]

Oh, vale. Vamos a por él.

Esperad, chicos, tengo que enseñarle una cosa a Zed.

Nueva grabación 16

7 min 16 s

Chicos, ya he vuelto.

Cuando apagué la grabadora, nos encontramos con Steve, que intentaba venderles el resto de su OXLI a los que aún quedaban por aquí. Al vernos preguntó ¿Qué tal el fuego? Eché un vistazo a las tiendas y la fogata se había apagado porque Zed no le había echado más madera. Lo admití, No va del todo bien, pero ¿me dejas tu teléfono? Quiero enseñarle algo a Zed.

Me metí en mi cuenta de Ancestry.com y les mostré el nombre y la fecha de nacimiento de mi posible padre en el Registro Civil de Nevada. Les dije ¿Veis? Coinciden con los de mi padre de verdad.

Steve preguntó ¿Y qué? Será casualidad, y le dije que yo pensaba lo mismo, pero ¿no es DEMASIADA casualidad que no solo se llamen igual, sino que hayan nacido EL MISMO DÍA?

Steve quiso saber si mis padres se habían divorciado y vuelto a casar, pero le respondí que no. Después de enamorarse en el monte Sam se casaron, tuvieron a Ronnie y trece años después me tuvieron a mí.

Zed me pidió el teléfono, así que se lo di y a cambio él me pasó la pizarra y la tiza para que se las sujetara, y empezó a buscar en Google como un rayo, tecleando a toda velocidad.

Le eché la bronca: ¡Zed, y lo de no utilizar internet ¿qué?! Pensé que se reiría, pero estaba concentradísimo. Nos enseñó a Steve y a mí una web con el nombre de mi padre, y debajo su dirección de Las Vegas, Nevada.

Steve y Zed se miraron, Zed me miró a mí y le devolví la tiza y la pizarra porque tenía pinta de querer escribir algo. Escribió Ya Estamos de Camino. Se lo dio a leer a Steve y él preguntó ¿Ya estamos de camino?

Volvió a mirarme, luego a Zed, y al final dijo No, de eso nada, no nos lo llevamos.

Yo pregunté ¿A quién os lleváis? ¿A mí? ¿Me lleváis adónde?

Steve se enfadó: ¡Que no, que lo olvides, es casi un secuestro!, y Zed escribió En Busca del Padre Perdido. Steve replicó ¡Más búsquedas no! ¡Me tienes harto con tanta búsqueda! Steve se estaba poniendo hecho una fiera. Otra vez. Me parece que tiene problemas para controlar su ira.

Zed seguía agitando los brazos, Steve no daba su brazo a torcer y al final yo mismo acabé estallando: ¡Me puede decir alguien qué pasa! En la pizarra, debajo de Ya estamos de Camino, Zed escribió A Las Vegas.

Pero ¿vais a Las Vegas? ¿A LAS VEGAS? ¡Genial! ¿Puedo acompañaros?

Steve volvió a negarse, se acercó a Zed y dijo Además, ¿qué *piiiip* haríamos después? ¡No vamos a dejarle allí! Zed escribió Ronnie.

Supongo que se refería a que Ronnie estaba en Los Ángeles, y como ellos viven allí podrán llevarme con él. Le dije que era una idea BRILLANTE.

Steve seguía en sus trece. Las Vegas eran SU oportunidad, y le pregunté ¿Tu oportunidad para qué? Zed borró la pizarra y escribió Es Más Importante. Steve se indignó: ¡Para él sí, pero para mí no! Zed subrayó Más Importante y volvió a agitar la pizarra. Nunca lo había visto tan efusivo.

Steve no cree que se trate de mi padre, y dice que Aunque lo fuese, seguro que hay algún motivo por el que mi madre y Ronnie nunca me cuentan nada de él. Le di la razón, tiene que haber un motivo de peso, y creo que es porque mi padre padece amnesia y ha olvidado que tiene familia en Rockview. Y añadí A lo mejor si vamos hasta allí podré ayudarle a recordar quién es, me lo llevaré de vuelta a Rockview, volverá con mi madre, la querrá y la abrazará como ella me contó que hacía, dormirán en la misma cama y por las mañanas yo llamaré flojito a la puerta y preguntaré ¿Estáis despiertos?, y se intentarán levantar y yo me meteré en la cama, en medio de los dos, porque hará frío, pero tendrán un edredón, y estaremos calentitos y se nos unirá Carl Sagan, saltará encima de la cama y nos dará un susto, y nos echaremos a reír y le diremos ¡Ay, Carl Sagan, qué perro más simpático!

Volví a mirar a Zed, que había dejado de agitar la pizarra y miraba con insistencia a Steve. Este frunció el ceño y le dijo Si nos lo llevamos, lo vigilarás TÚ mientras yo me dedico a lo mío.

Le pregunté ¿Lo tuyo? y me respondió Es personal. ¿Y mi billete de tren? Me ha costado mucho. Zed escribió Intenta que Te Devuelvan el Dinero y me señaló.

Steve se puso serio: Espera, no nos precipitemos. Me dijo que primero tenía que llamar a mi madre para preguntarle si mi padre había vivido alguna vez en Las Vegas, y que luego debía llamar a Ronnie para hacerle la misma pregunta. Si los dos me daban permiso, me llevarían.

Steve me dejó su móvil para llamar, pero mi madre no descolgó. Seguramente se estaba tomando uno de sus días de relax. Le dejé un mensaje contándole que estaba en el FCGAS y que todo iba genial aunque el *Voyager 3* no hubiera salido bien parado, que había hecho un montón de amigos nuevos y que según Ancestry.com había alguien en Las Vegas que se llamaba igual que papá y que había nacido el mismo día, que a lo mejor estaba vivo y tenía amnesia, y que Steve y Zed me iban a llevar allí para comprobar si era él de verdad, porque de camino a Los Ángeles tenían que pasar por Las Vegas, que luego me dejarían en casa de Ronnie y que tardaría un par de días en llegar a casa. Espero que no te importe, aunque solo te he dejado comida para el fin de semana. Te quiero.

Llamé a Ronnie y me di cuenta de que estaba liado con algo, leyendo los periódicos deportivos o algo así, porque siempre que está ocupado responde Ajá a todo lo que le digo. De hecho, me venía al pelo, porque el mejor momento para pedirle permiso a Ronnie es cuando no presta atención.

Lo saludé, Hola, Ronnie, estoy en el FCGAS y me ha llegado una notificación de Ancestry.com, y respondió Ajá y yo seguí: He averiguado cosas sobre papá, pero no sé si son verdad o no, y respondió Ajá, y yo seguí: Y Steve y Zed me pueden llevar a investigar un poco porque mi héroe creía en la verdad y yo también, y respondió Ajá. Le iba a contar que lo vería luego en Los Ángeles, pero se me ocurrió que tendría gracia darle una sorpresa, así que en vez de eso le dije ¿Qué tal el tiempo por allí?, y respondió Ajá, y lo dejé caer: Será buena época para visitas, ¿verdad?, y él res-

pondió Oye, oye, tengo una reunión con un cliente potencial, dile a mamá que no se pase con el aire acondicionado,
la factura de la luz se ha disparado. Le respondí Vale, se lo
diré, y se despidió con un Luego hablamos.

Ya sé que al final no me dio permiso, pero tampoco se
negó. ¡Qué ganas tengo de ver la cara que pone cuando Carl
Sagan y yo nos presentemos en su puerta! ¡Hasta puede que
nos presentemos con nuestro padre! ¡No me puedo creer
que vayamos a ir a Las Vegas… y luego a Los Ángeles!

¿Tú te lo crees, Carl Sagan? ¿Te lo crees, chico?

[tintineo de un collar]

Carl Sagan tampoco se lo cree.

Nueva grabación 17

3 h 7 min 15 s

[repiqueteo apagado]

¿Chicos, lo oís?

Escuchad.

Es la lluvia.

Empezó anoche. No sabía que en el desierto lloviese tanto, pero sí. Zed escribió en la pizarra Temporada de Monzones, y a lo lejos había nubarrones grandes y esponjosos que luego se disolvieron como cortinas grises y enormes, eran cortinas de lluvia y estaban onduladas, por el viento, igual que si fueran cortinas de verdad. Aquí en el desierto, aunque el viento no se note, se puede ver.

Afuera, por ahora, aún está oscuro.

Son casi las cinco de la mañana.

Hoy he dormido más que ayer, el suelo ya no estaba tan duro, pero a las pocas horas ya me había despertado.

He estado mirando la foto de familia que llevo en la cartera, en el bolsillo donde guardo mi carné de la Sociedad Planetaria, y me pregunto si mi padre seguirá igual que en la foto.

¿Aún tendrá esa sonrisa enorme y el pelo castaño oscuro?

Quizá se haya dejado perillita, como Steve, o una barba majestuosa, como Ken Russell, o a lo mejor se le ha empezado a caer el pelo y ha decidido rapárselo, como Zed.

Quizá se ría tanto como Zed, o incluso MÁS que Zed. Y cuando esté enfermo se cure rapidísimo, porque la risa es la mejor medicina.

Anoche Zed encendió una fogata enorme, por cierto. Steve no paraba de decir que aquello de irme a Las Vegas con ellos no era buena idea, pero en cuanto Zed tuvo listo el fuego ya no se calentó más la cabeza, para eso ya tenía el fuego. Nos sentamos alrededor en unas sillas plegables que tenía Calexico, que aún seguía en el FCGAS. Se había traído la guitarra y la rasgueaba, pero no tocaba ninguna canción. Se pasó casi todo el tiempo mirando la hoguera, que es algo muy interesante de ver. No sé muy bien por qué. A lo mejor es porque siempre cambia.

Carl Sagan también miraba el fuego, por lo menos al principio. Estaba echado junto a mis pies y al poco rato vi que el lomo le subía y bajaba como cuando está dormido. Eché un vistazo alrededor, Calexico también dormía, se quedó frito con la boca abierta y la guitarra en el regazo, y Zed tenía los ojos cerrados, pero no roncaba, así que puede que estuviera meditando, y Steve estaba bebiendo más OXLI y comiéndose una hamburguesa que había sobrado de la barbacoa.

Miré al cielo y vi un puñado de estrellas fugaces, pero no eran estrellas, porque estaba nublado, eran cenizas de la fogata, y noté que me caían en la cabeza y en el hombro, pero no eran cenizas, era que empezaba a llover. Carl Sagan se despertó y Calexico también, doblamos las sillas, apagamos el fuego y volvimos a las tiendas…

[la lluvia arrecia]

¿Allí también llueve?

¿Ahora llueve mientras escucháis este mensaje?

Qué raro sería.

A lo mejor allí nunca llueve, pero siempre está nublado porque vivís en un planeta gaseoso, y vosotros sois como globos con narices larguísimas, y en vez de andar vais flotando entre las nubes.

O puede que seáis rayos de luz brillante, y que vuestro planeta, visto desde el espacio, se parezca a la Tierra de noche con la luz de las ciudades, pero en vez de farolas y edificios lo que brilla sois vosotros.

O quizá sois como espejos, y cuando os ponéis frente a alguien, veis el reflejo del reflejo del reflejo de vuestro reflejo, hasta el infinito.

La madre de Benji tiene un espejo redondo en el baño, lo usa para maquillarse, y cuando estoy allí me gusta mirar en él el espejo de la pared, para llegar al infinito.

Aún está oscuro...

Ya no llueve tanto, pero...
la tienda hace que parezca que llueve

mucho más,

es tan...

[ronquidos apagados]

[la lluvia arrecia]

[la lluvia amaina]

[deja de llover]

Nueva grabación 18

11 min 15 s

[música pop a todo volumen]

ALEX: … eh… ued… ar… [inaudible]

[baja el volumen de la música]

STEVE: ¿Has dicho algo?

ALEX: He dicho ¿Puedes bajar la música? Estoy grabando.

STEVE: Oh, perdón.

ALEX: Gracias, Steve.

ALEX: ¡Chicos, tengo un notición! Tengo un nuevo restaurante favorito. El antiguo era el Burger King, pero hace unas dos horas estuvimos en el nuevo, y hacen la mejor hamburguesa con queso del mundo, las patatas son más gordas que mis dedos y tienen tarta de manzana *à la mode*, que es francés y significa Con helado.

Se llama Johnny Cohete, y ya sé qué estaréis pensando, pero no tienen cohetes de verdad. A mí también me pasó.

Les pregunté a los chicos ¿Por qué en Johnny Cohete no hay cohetes de verdad, o maquetas, y por qué son todos tan viejos?, y Zed escribió Es nostálgico. Algo nostálgico es algo que a la gente ya no le hace falta, pero les gusta tenerlo, como las gramolas o los patines de ruedas o los apéndices. ¿Vosotros tenéis apéndice?

Perdonad que no haya grabado nada hasta ahora. Me quedé dormido la última vez y se me acabó la batería. Esta mañana, cuando nos fuimos, le pregunté a Steve si me dejaba cargar el iPod de Oro en su coche, que tiene USB, que son las siglas de... pues... no sé muy bien de qué, pero me tuve que esperar porque Steve estaba cargando SU MÓVIL, que también se había quedado sin batería. Seguro que fue por pasarse mil horas hablando y mandándole mensajes a su novia.

Pero bueno, no os habéis perdido gran cosa. Hemos estado casi todo el rato conduciendo: ya hemos pasado Nuevo México y Arizona y, de hecho, ya es de noche. Steve quería llegar a Las Vegas cuanto antes, y yo también. Nos advirtió: Solo nos detendremos para comer y echar gasolina, así que procurad ir al baño cuando paremos, pero después, en cuanto se puso a conducir, no es que no fuera deprisa, es que iba justo por debajo del límite de velocidad. Le dije Oye, Steve, si quieres llegar cuanto antes, lo mejor es que te saltes el límite, como en *Contact*, cuando la doctora

Arroway oye la señal de los radiotelescopios y se mete en el coche y vuelve al centro de control y…

STEVE: Vuelvo a repetirlo: no quiero que me multen, ¿vale?

ALEX: Pero cuando os habéis cambiado y conducía Zed, él iba mucho más rápido, y NO le han multado.

STEVE: Bueno, le han puesto un millón de multas. Con todo lo que medita, ya podía conducir con más cabeza.

ALEX: Zed, Steve tiene razón. Conduces como un loco.

[risa de Zed]

[tiza]

ALEX: ¿Es un chiste astronómico? Ya sabes que me chiflan.

STEVE: A ver… Ah, es uno de sus *kōan* zen.

ALEX: ¿Qué es un koanzén? Suena como *canción* dicho con la boca llena.

[risa de Zed]

[golpecitos en la pizarra]

ALEX: Quiere que lo lea en voz alta. Dice ¿Cómo suena una mano dando palmas?

ALEX: Está chupado, Zed. Es como dar palmas con las dos manos, pero más flojito. Mira.

[golpecitos]

[risa de Zed]

STEVE: A Zed le encanta todo eso. ¿Te ha contado que antes daba discursos para motivar a la gente? Antes de mudarse con Nathan y conmigo.

ALEX: ¿De verdad?

STEVE: Sí, lo suyo era ayudar a los bajitos como él a tener más confianza, y también escribió un puñado de libros sobre el tema. Por ahí atrás debe de haber un par, mira en…

[crujidos]

[ruido de páginas]

ALEX: ¡Vaya! ¡Chicos, Zed ha escrito casi tantos libros como mi héroe! Pero no se titulan *Un punto azul pálido* ni *La conexión cósmica*, sino *Tan alto como tú quieras* y *Quince centímetros más: cómo dar buena imagen, ganarse el respeto y atraer a la mujer de tus sueños*.

STEVE: ¿Sabes? Me los he leído y la verdad es que son buenos. Es una pena que ya no te dediques a esto, Zed, me refiero a lo de hablar y esas cosas.

ALEX: ¿Por qué lo dejaste?

[coches]

STEVE: Porque cuando se divorció sufrió una crisis nerviosa. Y luego se fue a la India a buscar a un gurú, pero nunca dio con él, y al volver donó casi todo su dinero a obras de caridad. Zed, de verdad que sigo sin creérmelo.

STEVE: Yo le insisto en que debería escribir otro libro sobre su divorcio y el viaje a la India y todo eso, que yo le ayudaría a venderlo. Hay una mujer que escribió un libro así y fue un superventas total.

ALEX: Steve, no paras de pensar en diferentes maneras de hacerte rico y en tus BMW. Eres un emprendedor.

STEVE: ¿Tú crees? Sí. Tienes razón.

ALEX: Ahora Zed mira por la ventana. Zed, ¿ahora eres Carl Sagan?

[risa de Zed]

ALEX: Ya sé cómo animarte… ¡con un chiste astronómico!

[risa de Zed]

ALEX: Atención. ¿Cómo sujetaríais unos papeles en la Luna?

[coche]

ALEX: Zed se rinde.

ALEX: Pues… con un eCLIPse.

ALEX: Es gracioso porque la palabra *eclipse* lleva dentro la palabra *clip*, que es lo que se usa para sujetar papeles, aunque bueno, con los guantes del traje espacial sería un poco difícil colocar un clip.

[risa de Zed]

ALEX: Me alegro de que te guste, Zed. Tengo…

STEVE: ¡Mirad, ahí está!

ALEX: ¿Ahí está el qué?

STEVE: Las Vegas.

ALEX: A ver… ¡MI MADRE! ¡Carl Sagan, mira, mira cuántas luces!

[tintineo de un collar]

ALEX: Chicos, ojalá, ojalá pudierais ver esto. Tenemos

Las Vegas justo enfrente y está tan iluminada que parece una galaxia o una nebulosa de estrellas naranjas y blancas. Y a medida que nos acercamos, rodeados de coches que también se dirigen allí, me imagino que somos polillas volando hacia la luz de una bombilla o de una vela...

[tiza]

[risa de Alex]

ALEX: Zed dice que debería llamarse Las Velas. ¡Muy buena, Zed!

[risa de Zed]

ALEX: Steve, ¿me dejas el móvil para buscar la dirección de mi padre en Google Maps?

STEVE: Hum, quizá sea mejor esperar a mañana para verlo. Ya se nos ha hecho tarde y aún tardaremos un buen rato en llegar al centro.

ALEX: Oh...

STEVE: A mí no me mires, fue Zed el que propuso parar en Johnny Cohete.

ALEX: Pero podíamos haber pedido en ventanilla y haber comido en el coche, y no has querido. ¡Habría tenido cuidado! Ya sé que a tu novia le importa mucho la limpieza.

[risa de Zed]

STEVE: Ya, ya.

ALEX: ¿Cuando lleguemos vamos a acostarnos?

STEVE: ¡Claro que no! Las Vegas por la noche es lo mejor.

Con todo encendido, y los casinos, los restaurantes, las tiendas y los bares abiertos veinticuatro horas… como si fuera el mayor y más espectacular centro comercial del mundo.

ALEX: La verdad es que suena divertido.

ALEX: ¡Ah! Se me han ocurrido más sonidos para grabaros, chicos…

STEVE: ¿Y para qué…?

ALEX: No, hablo con ellos.

STEVE: Ah, perdón.

ALEX: No pasa nada. Bueno, pues se me ha ocurrido que como ya tengo mucho material grabado de Steve hablando con su novia, si resulta que mi posible padre es mi padre de verdad, podré grabarlo a él, cuando le haya recordado que está enamorado de mi madre. Y cuando vayamos a Los Ángeles, os grabaré a Ronnie, que está enamorado de su novia Lauren, ¡cuantos más, mejor!

ALEX: Hum… Como estamos en el siglo veintiuno quizá debería incluir el sonido de un hombre enamorado de otro hombre y de una mujer enamorada de otra mujer…

ALEX: Lo de los hombres es fácil porque Nolan Jacobs tiene dos padres, pero ¿de dónde saco a una mujer enamorada de otra? No conozco a ninguna lesbiana. La señorita Jeffers, mi profe sustituta de mates, puede que sea lesbiana, pero, aunque lo fuera, aún tendría que encontrar una mujer de quien pudiera enamorarse, porque con una sola lesbiana no será suficiente.

[risa de Zed]

ALEX: Zed, ¿de qué te ríes?

ALEX: Oye, Steve, ¿vosotros conocéis a alguna lesbiana?

STEVE: Tengo varias amigas en Facebook.

ALEX: ¡Perfecto! ¿Podemos grabarlas? ¿Sabéis dónde puedo conseguir un escáner y un estetoscopio?

STEVE: Tanto, tanto, no las conozco.

ALEX: Vaya.

ALEX: A lo mejor en Las Vegas conocemos a alguna.

Nueva grabación 19

3 min 53 s

¡Estamos en el cielo! ¡Encima de la Estratosfera! Bueno, no al nivel de la estratosfera de verdad, ni siquiera cerca. La Estratosfera de la que hablo es un hotel, un casino de la Aguja Espacial de Las Vegas. Le pregunté a Zed ¿Por qué la llamarán Aguja Espacial, si no llega hasta el espacio?, y escribió Es Nostálgico.

Chicos, Las Vegas es inmensa, y está LLENA de luces por todas partes. A simple vista debe de haber un millón de luces, entre las de los edificios, las de la calle y las de los coches que van y vienen por la carretera, y llegan hasta donde alcanza la vista. Hay zonas con luces más tenues, que creo que es donde están las casas, y puede, puede que mi padre viva en una de ellas. Pero es difícil de saber, porque ahora mismo los únicos edificios que veo con claridad son el hotel y los casinos. Hay uno como la torre Eiffel, uno tipo Palacio del César, otro que es un castillo medieval, la ciudad de Nueva York, una pirámide gigantesca de cristal con una esfinge, es como si todas las maravillas del mundo estuvieran aquí apiñadas. Si alguna vez llegáis a visitarnos, podéis aterrizar primero en Las Vegas y haceros una idea de toda la civilización humana.

En la Estratosfera no se permiten perros, así que Steve se ha quedado vigilando a Carl Sagan. Espero que esté bien sin mí. Después de llegar, encontramos un motel que admitía perros, aparcamos el coche y bajamos por la Franja de Las Vegas, que es la carretera principal. Había millones de palmeras y luces de colores, y también como un millón de personas, Carl Sagan se estaba poniendo de los NERVIOS. Lloraba y se escondía entre mis piernas, y tuve que levantarlo porque se me enredaba la correa en los pies. Le dije Chico, no pasa nada, conmigo estás a salvo, pero, aunque hace un calor abrasador, lo notaba tiritar. Se moría de miedo.

¡Ah! Al final he averiguado a qué se dedica Steve. No sé por qué no me lo ha querido decir antes. Mientras paseábamos, Steve iba dando su tarjeta a todo el mundo y diciéndoles a todos que les pagaría por sus móviles, que le escribieran un mensaje si querían vendérselos. Me asombró que tantas personas se llevasen su tarjeta… ¿No necesitarán el móvil en caso de emergencia? Steve dijo que la gente se mete en los casinos y se gasta hasta el último centavo, pero luego quieren seguir jugando, así que en cierta manera sí que es una emergencia, y él les ayuda dándoles dinero a cambio de sus móviles. ¡Cómo piensa este Steve!

¿Allí tenéis casinos, chicos? Zed y yo tuvimos que bajar las escaleras de este para llegar al mirador, y era igualito que unas recreativas, pero con más luces y más barullo. Había tanto ruido que a veces no me oía ni a mí mismo. Vimos a gente jugando a las máquinas tragaperras y de vez en cuando alguien se llevaba un premio gordo, pero no gritaban ni se emocionaban, seguían jugando como si no hubiesen ganado nada. Si yo ganase ese dinero, me pondría supercontento, porque podría comprarme todos los componentes que me hacen falta para el *Voyager 4*, pero a los niños no nos dejan jugar en el casino porque hay que tener más de veintiún años y yo no los tengo, ni siquiera contando mi responsabiliedad.

Quizá mi posible padre gane un pastón en los casinos... Me pregunto si habrá subido alguna vez a la Estratosfera. A lo mejor vino después de tener amnesia, miró hacia abajo y se sintió raro porque le recordaba a cuando estuvo en la cima del monte Sam con mi madre. Solo que no habría sabido por qué se sentía raro, debido a la amnesia.

A lo mejor, cuando mañana nos veamos, le podré preguntar cómo se sintió aquí en la Estratosfera, y si dice que raro, podré contarle por qué y ayudarle a recordar.

Me pregunto si tendrá fuerza en los brazos. Cuando me abrace y me levante, ¿hará ruidos como los de un cohete despegando? O a lo mejor ya cree que soy muy mayor para esas cosas.

¿O puede que…?

Ah. Vale, Zed.

Zed dice que mejor nos vamos, que ya van a cerrar el mirador.

Nueva grabación 20

6 min 52 s

En cuanto uno sale de la Franja, Las Vegas es mucho más tranquila.

Y mucho más oscura.

Las luces más brillantes son las del techo de este aparcamiento, y hay unas cuantas polillas volando alrededor. Hay MUCHÍSIMAS polillas, de verdad que parece Las Velas.

¡Qué ganas tengo de contarle a Carl Sagan lo de la Estratosfera! ¿Estará cansado? Steve dijo que a Nueva York la llaman la ciudad que nunca duerme, pero que Las Vegas tampoco duerme nunca, y tiene toda la razón. Es la 1.28 de la mañana y no tengo nada de sueño, y el aparcamiento del Zelda's está casi lleno, así que supongo que debe de haber muchos más que no pueden dormir.

El Zelda's es una especie de... pues... de casino raro. Pensaba que se parecería al castillo del videojuego, pero no, y tampoco es como los casinos gigantes que tienen un hotel en la última planta. Es mucho más pequeño, y por dentro tiene pinta de sótano, pero más oscuro y lleno de mesas de juego y hasta arriba de gente, y me tuve que tapar la nariz porque todo olía a cenicero. Olía QUE APESTABA.

Zed lleva dentro cinco minutos…

Espero que no se haya perdido, y que Carl Sagan esté bien, porque la música alta como la de este sitio lo pone de los nervios.

No sé por qué Steve lo habrá llevado allí. ¿Por qué no se quedaron en el bar-restaurante?

Creo que me han empezado a dar calambres en las piernas otra vez.

Ni siquiera sabíamos que Steve y Carl Sagan andaban por aquí hasta que fuimos al bar-restaurante, donde Steve estaba metido en su negocio personal. Al llegar no los vimos, yo los busqué en el baño y no los localicé, así que Zed se acercó al camarero y escribió ¿Teléfono? en la pizarra. El camarero le preguntó ¿Eres Zed?, y Zed asintió como diciendo Sí.

El barman nos dio una nota que era de Steve y decía: VOY AL ZELDA'S, VUELVO EN UN MIN. Min no son unas siglas, es la abreviatura de minuto. Le pregunté a Zed ¿Qué es el Zelda's? y ¿Cuándo vuelve Steve? Creía que habíamos quedado con ellos aquí. Zed se encogió de hombros como si no supiera, pero luego pareció que le estaba dando vueltas a algo. Entonces escribió Vamos al Zelda's, y le pregunté al camarero ¿Puede decirnos dónde está el Zelda's?, y dijo que estaba cerca y nos indicó el camino.

Salimos del bar-restaurante y atravesamos el aparcamiento, y recorrimos la calle y dos aparcamientos más, en dirección al Zelda's, y llegamos y estaba abarrotado y había muchísimo ruido y hacía un frío que pelaba, tenían el aire acondicionado a tope. Y todas las camareras que servían las bebidas llevaban collares de cuentas y diademas de plumas, y el guardia de seguridad…

HOMBRE SIN IDENTIFICAR 1: ¡Tío, tío, mira…!

HOMBRE SIN IDENTIFICAR 2: Pero bueno, ¿qué hace este crío aquí? Ja, ja.

HOMBRE SIN IDENTIFICAR 1: Chaval, ¿te has perdido?

ALEX: No, señor, estoy esperando a mis amigos.

HOMBRE SIN IDENTIFICAR 2: ¡Te ha llamado señor, ja, ja! *No, señor.*

HOMBRE SIN IDENTIFICAR 3: ¿Qué pasa, chico, no te dejan entrar?

ALEX: Pues eso es justamente lo que…

[risas masculinas]

[música alta]

ALEX: … pasó.

[la música pierde volumen]

ALEX: Hum… Bueno, decía que…

[música alta]

STEVE: ¡… irresponsable total!

[la música pierde volumen]

STEVE: ¡Pero por qué no me habéis esperado!

ALEX: Eh…

STEVE: ¿No leíste la nota que os dejé, Zed? Ya sé que no hablas, pero leer, LEER sí sabes, ¿no?

ALEX: ¿Steve?

STEVE: ¿Qué parte de *Vuelvo en un minuto* es tan difícil de entender? En *un minuto*. ¡Se supone que este es de los mejores sitios de la zona! He leído en TripAdvisor que todos los de por aquí vienen a…

ALEX: ¿Steve? Oye…

STEVE: Ahora no, Alex. Zed, ¿sabes cuánto rato he tenido que esperar para entrar? ¡Y para sentarme! Me he pasado veinte minutos de pie y mirando…

ALEX: ¿Dónde está Carl Sagan?

STEVE: …y cuando por fin voy y me siento, lo hago justo al lado de la crupier. No paraba de sonreírme…

ALEX: Steve.

STEVE: ¡… y estaba en racha! Ya has visto cómo me vitoreaban, ¡podía haber ganado el doble! Unas jugadas más y ya me habría vuelto a…

ALEX: Pero Steve…

STEVE: Ahora no. Oye, Zed, ¿no puedes vigilarlo un par de…?

ALEX: STEVE.

STEVE: ¡Qué, qué!

ALEX: ¡¿DÓNDE ESTÁ CARL SAGAN?!

STEVE: ¿Que dónde está Carl Sagan…?

ALEX: ESO MISMO.

STEVE: ¿No está contigo?

ALEX: ¡Pues claro que no! Estaba CONTIGO en el bar-restaurante, y no nos hemos visto desde entonces, ¡cómo va a estar conmigo!

STEVE: Pero lo dejé atado a la señal de Prohibido aparcar… Pensé que…

ALEX: ¿Qué? Allí no está…

ALEX: No está…

ALEX: ¿Dónde está?

STEVE: Eh…

ALEX: DÓNDE ESTÁ, DÓNDE ES…

Nueva grabación 21
6 min 18 s

HOMBRE SIN IDENTIFICAR: Alex, cuéntame qué pasa.

ALEX: ¿Para qué? ¿De qué… ser…? [incomprensible]

HOMBRE SIN IDENTIFICAR: A veces hablar del tema ayuda.

ALEX: Lo siento…

ALEX: Intento ser valiente…

HOMBRE SIN IDENTIFICAR: Lo estás siendo, y mucho.

HOMBRE SIN IDENTIFICAR: Voy a hablar con el gerente. Quizá por las cámaras de seguridad sepamos adónde ha ido. Lo encontraremos, ¿de acuerdo?

ALEX: Vale…

[sollozos]

[música alta]

[la música pierde volumen]

Eh, chicos…

Perdón por enfadarme…

Sobre todo, con Steve…

[moqueo]

Decía que no era culpa suya haber perdido a Carl Sagan, que se le debió de romper la correa o algo así, y yo le he chillado.

Le he dicho ¡Cómo que no es culpa tuya! ¿Por qué lo has dejado solo? ¡No puede quedarse solo!

No soporta quedarse solo…

[moqueo]

Steve no paraba de decirme que dejara de llorar, pero yo no podía. Estaba soltando una tromba de agua mayor que cuando me falló el cohete. Y estaba tan cabreado con Steve que le tiré el iPod de Oro.

No he cuidado muy bien de mis cosas, ni de mi mejor amigo no humano…

[sollozo]

Steve se fue a buscar a Carl Sagan al aparcamiento, y no paraba de decir Tiene que estar por aquí, el perro no puede haber ido muy lejos.

Le pregunté a Zed que por qué Steve llamaba a Carl Sagan el perro, si tiene nombre y su nombre es Carl Sagan. Y Zed recogió mi iPod del suelo y se puso en cuclillas delante de mí y me dijo Encontraremos a Carl Sagan, y yo grité: ¡Has hablado!

Me quedé pasmado.

La voz que habéis oído antes era la suya.

Le dije Lo siento por hacerte hablar, y Zed dejó la pizarra en el suelo, y la tiza, y vi cómo rodaba y se alejaba, y empecé a llorar más fuerte aún.

Zed me dijo Si quieres encontrar a Carl Sagan, tienes que ser valiente, y le respondí ¿Cómo voy a ser valiente con lo mal que me siento por haberlo perdido, y con el miedo que tengo de no encontrarlo? ¿Y si se muere de hambre?

Y Zed dijo que precisamente por eso debía ser fuerte, porque si uno es valiente solo cuando es feliz, eso no es valentía.

Ahora intento ser valiente...

[moqueo]

Ojalá pudiese llamar a Ronnie...

Pero son casi las dos, y no soporta que lo despierte en mitad de la noche con una llamada.

Ronnie sabría exactamente lo que hay que hacer en una situación así. Siempre se le ocurre un plan.

Una vez, cuando tenía cinco años, mi madre nos llevó al centro comercial de Belmar, que era enorme, para comprarle unos zapatos de béisbol nuevos para su cumpleaños, y Ronnie se fue a buscarlos por su cuenta y yo me quedé con mi madre en una tienda que tenía mil jabones distintos, y estaba oliendo unos y cuando me di la vuelta ella ya no estaba.

Recorrí todo el centro comercial intentando encontrarla, llorando, porque pensaba que la había perdido, pero Ronnie me encontró y me preguntó dónde estaba mamá, y le dije No sé, y él dijo Vamos a buscarla juntos. Así que la buscamos juntos y acabamos encontrándola sentada en la fuente, en medio del centro...

[moqueo]

¿Habéis perdido alguna vez a alguien que queréis?

¿Y luego lo habéis encontrado?

¿Cómo?

A lo mejor no tenéis esos problemas porque nunca os separáis de las personas que queréis.

A lo mejor, en cuanto empezáis a querer a alguien, quedáis conectados físicamente por un tubo que es como una correa, pero hecho de carne, que os crece en el ombligo, y lo llamáis carnea.

O quizá tenéis otra cosa, algo mejor incluso, y ya sé que mi héroe dijo que viajar atrás en el tiempo era imposible, pero no sé, a lo mejor vosotros habéis descubierto una nueva ley física y sí que es posible, y un día oiréis esta grabación y podréis volver y ayudarme a encontrar a mi perro, o me mandaréis por satélite unos planos, pero en lugar de ser los de un transportador, como en *Contact*, serán los de un tipo de escudo que yo pueda construir, como un campo de fuerza que cubra toda la Tierra y que impida que pase nada malo, nada de nada, como un choque de asteroides o que el sol se haga demasiado grande, o que una madre se tome muchos días de relax seguidos, o que un hermano se vaya de casa, o que un amigo no humano se pierda en la puerta de un casino raro.

¿Podéis hacerlo por mí?

Por favor.

¿Podéis?

¿Hola?

Nueva grabación 22

2 min 43 s

Carl Sagan aún no ha aparecido.

Lo hemos buscado durante toda la noche, pero no lo hemos encontrado y hemos vuelto al hotel porque los chicos estaban cansados, y ahora son casi las cuatro y media de la mañana.

Al final va a ser verdad, Las Vegas nunca duerme.

Ya no me salen trombas de agua ni tengo en mi cabeza tormentas tan grandes. He intentado ser valiente como me dijo Zed. El gerente del Zelda's dijo que no tenían ningún vídeo de las cámaras donde saliera la señal de PROHIBIDO APARCAR, pero que los controladores de animales de Las Vegas tenían una línea telefónica veinticuatro horas.

Hemos llamado con el móvil de Steve y yo he hablado con una mujer que se llamaba Cheryl y me ha preguntado si Carl Sagan llevaba identificación, y le he dicho que sí, y ella ha respondido que a los animales con identificación no se los llevan. Le he preguntado Pero ¿y si al escapar se le ha aflojado el collar, o si lo han secuestrado y le han puesto su collar a otro perro igual para robarle la identidad?, y Cheryl me ha dicho Lo siento, cielo, y la he tranquilizado: No es su culpa, es culpa mía porque nunca debí perderlo de vista, y he empezado a llorar flojito otra vez.

De todas formas, Cheryl podía ver si lo habían recogido, y me ha preguntado cómo es Carl Sagan, y se lo he descrito, Tiene el pelaje marrón dorado, las orejas largas y suaves y el cuerpo muy, muy largo. Cheryl me ha puesto en espera, pero al volver me ha confirmado que no tenían ningún perro que encajase con la descripción. Me ha pedido mi número, le he dado el de Steve y le he pedido que si lo encontraban nos llamaran.

Después hemos vuelto al aparcamiento a seguir buscando. Hemos mirado debajo de todos los coches, entre las ruedas y en otros aparcamientos cerca del Zelda's. Luego nos hemos subido al coche de Steve y nos hemos puesto a dar vueltas, pero no lo hemos localizado ni en los aparcamientos ni en los contenedores de por allí, debían de ser ya las tres de la mañana. A Steve se le ha ocurrido que quizá había que desandar el camino, y a mí me ha parecido una idea genial, así que hemos vuelto al bar-restaurante donde Steve había estado negociando, pero Carl Sagan tampoco estaba por allí. He pensado también que podía haber seguido mi rastro hasta la Estratosfera, al irnos Zed y yo, así que también lo hemos buscado allí, pero tampoco estaba. Luego se me ha ocurrido que a lo mejor me había seguido el rastro desde allí hasta el restaurante, y que los dos íbamos buscándonos el uno al otro y nunca nos encontrábamos porque uno siempre iba detrás, y que quizá los dos nos habíamos dado cuenta de que andábamos en círculo y habíamos dejado de esperar al otro, chico o perro.

Quería seguir buscándolo, pero Zed nos ha avisado de que dentro de un par de horas iba a amanecer, Vamos a descansar un rato y luego seguiremos buscándolo, será más fácil durante el día. Steve ha propuesto ir a la copistería e imprimir carteles de PERRO PERDIDO, así que ahora estoy esperando a que amanezca.

Nueva grabación 23

7 min 4 s

Esta mañana volví a llamar al departamento de control de animales. Me atendió un hombre, no Cheryl, y volví a describir a Carl Sagan. Me puso en espera, se fue a comprobar si lo tenían y al final volvió y dijo que no.

Ya hemos colocado bastantes carteles de PERRO PERDIDO. Primero hemos ido a la copistería y luego hemos vuelto a todos los sitios donde estuvimos ayer y los hemos colocado en el bar-restaurante, en el Zelda's y en todos los supermercados, para que echen un ojo a los contenedores. Yo no perdía la esperanza de verlo, seguía esperando que saliera de detrás de un contenedor o de una rueda de camión y viniera corriendo hacia mí meneando la cola, pero no pasó nada de eso. Cuando estábamos por la Franja, de camino a los sitios de anoche, me fijé en la gente que venía de frente hacia nosotros y algunos parecían cansados y nerviosos, y en sus caras vi la de Carl Sagan. Le pregunté a Zed si alguna vez había sentido algo así y su cara también me recordó a Carl Sagan, y aunque Zed haya vuelto a hablar, solo asintió.

Se me ha pasado el enfado con Steve. Se ha dejado la piel buscando a Carl Sagan y, de hecho, fue a él al que se le ocurrió la idea de los carteles. Después de buscarlo durante un tiempo, Steve propuso que fuéramos a comer, quería invitarnos, pero yo me encaré con él: ¿Cómo puedes pensar en comer cuando Carl Sagan está por ahí, seguro que muriéndose de hambre? Le insistí en que fuéramos a la copistería a imprimir más carteles y a colgarlos, pero Zed dijo que Steve tenía razón, que ya nos habíamos saltado el desayuno y había que comer o nos quedaríamos sin energía para buscar a Carl Sagan.

Cuando acabó de hablar, me di cuenta de que tenía el estómago algo vacío. Dije Vale, ¿y si vamos a Johnny Cohete?, pero Steve respondió que tenía una idea mejor. Nos iba a llevar a un hotel-casino llamado Bellagio, a comer en un restaurante con una estrella Michelin, seguro que aquello me animaría. Le pregunté ¿Qué es una estrella Michelin?, ¿un astro que tiene que ponerse a régimen?, pero Steve dijo que no. Según él, los de Michelin saben mucho de comida, y cada año les ponen nota a los mejores restaurantes, la máxima son tres estrellas. Entonces, ¿por qué no vamos a uno de dos o tres estrellas? Steve me dijo que en esos siempre hay que reservar con tiempo, que hay que ir de etiqueta y que ni locos iban a dejar pasar a Zed con las sandalias. De todas formas, el sitio al que os llevo es mucho mejor que el Johnny Cohete, te va a encantar, Alex, te lo garantizo.

La comida estaba regular. Pedimos un menú degustación del chef, es decir, cinco platos escogidos por el cocinero. El camarero nos preguntó si alguien padecía alguna alergia o no podía comer ciertos platos, y Zed le dijo que era vegano, y yo pregunté ¿Tienen tarta de manzana *à la mode*?

Cuando lo dije Steve me miró de una manera rara. No servían ese tipo de platos, el pastelero decidiría el postre y le dará mil vueltas a la tarta de manzana a la *moda*. Le dijo al camarero que no se preocupase.

¡Pero se equivocó! De postre sí que me sirvieron tarta de manzana *à la mode*, pero estaba deconstruida, o sea que la base parecía de tierra y el helado era igual que un lago, y no llevaba manzana, sino espuma de manzana que, en cuanto me la metía en la boca, desaparecía. Fue rarísimo...

A Steve la comida le pareció excelente, pero a decir verdad yo me quedo con el Johnny Cohete. Me dijo No te gusta porque tienes un paladar muy poco sofisticado, y le contesté No, no me gusta porque no me gusta, y punto. Steve les sacó fotos a todos los platos y dijo que iba a dejar una crítica en Yelp, que él y su novia lo hacían siempre, y yo intenté ser valiente otra vez porque de repente volví a imaginarme a Carl Sagan en un contenedor, sin nada que llevarse a la boca, cruzando una carretera de mil carriles llena de coches aquí en Las Vegas y llorando de miedo.

Justo cuando acabamos de comer, llamó la novia de Steve y él se fue al pasillo a hablar, y al volver estaba mosqueado. Creo que va a resultar que no está enamorado, si no ¿por qué se enfada cada vez que habla con ella? Entonces volvió el camarero y nos ofreció café y té, pero Steve dijo No, la cuenta, por favor. Llamé a la patrulla, pregunté por Carl Sagan y no lo habían encontrado, y me dio la sensación de que tenía el estómago vacío, pero creo que no era por hambre.

Steve dijo que si esta tarde no encontrábamos a Carl Sagan deberíamos seguir camino hasta Los Ángeles, ya habíamos hecho todo lo posible, y además le había prometido a su novia que hoy por la noche estaría en casa. Estallé: Pero ¡cómo puedes decir eso! ¡No hemos recorrido ni la mitad de Las Vegas, estoy seguro, porque Zed y yo la vimos desde la Estratosfera y es enorme, más grande de lo que Zed recordaba! Según Steve, no podíamos quedarnos aquí para siempre, y le dije Pues yo me quedaré lo que haga falta hasta que encuentre a Carl Sagan, y entonces me acordé de mi posible padre: ¿Por qué no vamos hasta la dirección que encontramos? Seguro que se conoce Las Vegas mucho mejor que nosotros, vive aquí.

Steve y Zed se miraron, y Steve preguntó ¿No es pasarse un poco? ¿Un poco de qué?, dije yo, y luego Zed: Seis ojos ven más que cuatro, y se quedó mirando a Steve, como si intentara comunicarse telepáticamente con él. Steve se quedó mirándome fijamente y dijo Venga, vamos a probar, así que salimos del restaurante y busqué en su teléfono la dirección en Google Maps y hemos llegado a la casa de mi posible padre.

Su barrio es precioso, tiene hasta campo de golf. Cruzamos un camino para carritos y pasamos por delante de varias casas con la entrada pavimentada, y jardineros profesionales con cortacéspedes. Me recordó a la urbanización de Benji, solo que aquí en vez de árboles hay palmeras. La voz de la chica del Google Maps dijo Mire a la derecha. Miramos y ella siguió diciendo Usted ha llegado a su destino. La casa tenía las paredes oscuras y la puerta roja, y aparcamos en la calle y nos acercamos a la puerta.

Llamé al timbre y nadie vino a abrir. Volví a llamar y todo siguió igual, no se oía ni un ruido dentro de la casa. Oí un perro que ladraba calle abajo, pero no era Carl Sagan, era otro distinto.

Regresamos al coche y Steve se dio cuenta de que no eran ni las cinco, así que a lo mejor mi posible padre aún estaba trabajando, y Zed propuso que esperásemos un ratito, Puede que no tarde mucho. Yo dije que a lo mejor estaba trabajando, pero también podía ser que hubiera ganado un millón de dólares en el casino y ya no le hiciera falta trabajar, y quizá ahora estuviera en el campo de golf, jugando al golf, y volvería conduciendo un carrito, con su barba majestuosa y un poco más gordo que en mis fotos, por lo que tardaré un minuto en reconocerlo.

Me pregunto si me reconocerá él a mí.

Nueva grabación 24

11 min 38 s

ALEX: Vale, ya está grabando.

MUJER SIN IDENTIFICAR: ¿Quieres que les hable… sin más?

ALEX: ¡Claro! Pero no pongas el dedo sobre este agujero.

MUJER SIN IDENTIFICAR: Hum, hola, seres de otra galaxia…

MUJER SIN IDENTIFICAR: No… no sé qué decir.

ALEX: Diles tu nombre.

MUJER SIN IDENTIFICAR: Me llamo Terra. Encantada de… ¿conoceros?

ALEX: Cuéntales quién eres.

TERRA: Soy…

ALEX: ¡Es mi hermana!

TERRA: Hermanastra. Perdón, me cuesta hablar… Me acabo de enterar de que Alex y yo… No es que sea…

TERRA: Toma, cógela. Se te da mejor que a mí.

ALEX: No pasa nada, lo has hecho muy bien. ¡Es mi hermana!

TERRA: ¿Podemos no usar esa palabra? Llámame Terra.

ALEX: Vale, Terra.

TERRA: Gracias.

ALEX: ¿Puedo contarles cómo he sabido que somos hermanastros, y que eres mi Terra?

TERRA: Claro.

ALEX: Vale. Resulta que estábamos esperando frente a la casa y Terra entró con su coche, pero yo aún no sabía que se llamaba Terra, ni que compartimos padre. Se bajó del coche y Zed y yo nos acercamos a ella, y dijo Lo siento, no vamos a comprar más golosinas. Le dije que no vendía golosinas, ya lo intenté en quinto y no mereció la pena. Le pregunté ¿Aquí vive Joseph David Petroski? Y dijo No, y le pedí disculpas por molestar.

Creía que había puesto mal la dirección y estábamos en otra casa, pero cuando me di la vuelta para volver al coche, Terra preguntó ¿Qué pasa con Joseph David Petroski? Yo insistí: ¿Lo conoces? Terra respondió Es mi padre, murió hace ocho años. Le respondí Es curioso, mi padre murió hace ocho años, cuando yo tenía tres, y también se llamaba Joseph David Petroski, y los dos nacieron el mismo día, y Terra se nos quedó mirando a mí y a Zed y volvió a preguntar, dijo ¿Esto es una broma?

Le respondí No, no lo es, pero si quieres reírte te cuento un chiste de astrónomos, ¿te sabes alguno?, y Terra contestó No, te confundes con otra persona, y saqué de la cartera la foto de mi familia, se la enseñé y le pregunté ¿Es este?

Terra la miró y se quedó extrañada. Quiso saber de dónde la había sacado, y le dije que de mi casa. Terra se me quedó mirando, luego miró a Zed y él dijo que ella debía hablar conmigo a solas, que Steve y él esperarían fuera.

Entramos en la casa, que tenía una moqueta muy suave, y las paredes amarillas, color mostaza, y olía a ambientador. Pasamos frente a las escaleras, seguimos por el pasillo y Terra me invitó a que me sentara en el sofá y dijo Ahora vengo. La oí subir las escaleras. Me senté y el sofá era comodísimo, qué ganas tenía de que Carl Sagan estuviera allí conmigo, al principio se pondría nerviosísimo al ver a Terra, pero en cuanto la conociera se harían amigos, y luego querría echarse una siesta en el sofá. Terra volvió, bajó las escaleras y me preguntó ¿Qué pasa?, y respondí Intento ser valiente.

Se sentó a mi lado y me enseñó unas fotos que guardaba en una caja de zapatos, salía mi padre y estaba igualito que en las fotos de mi casa, pero en vez de estar con mi madre, con Ronnie y conmigo, salía con Terra y con su madre. En algunas llevaba incluso la misma ropa, y se lo comenté a Terra.

Y luego Terra, que yo no sabía que era Terra porque aún no me había dicho su nombre, se me quedó mirando un buen rato, y luego cogió el teléfono. Le pregunté ¿A quién llamas?, y dijo que a su madre, pero no se levantó ni salió del cuarto, como harían Steve o Ronnie, se quedó allí conmigo, y eso me gustó.

Empezó a hablarle al teléfono: Se ha presentado en casa un niño de doce años, le dije Once, en realidad, once, y se corrigió. Perdón, de once años, de Colorado, y me acaba de enseñar una foto de papá. La madre de Terra le dijo algo, pero no pude oírlo, y habló bastante tiempo y luego Terra colgó sin despedirse. Empezó a llorar y a hablar, pero sin decir nada con sentido, es de familia, y yo también me puse a llorar un poco. Creo que no me gusta ver llorar a los demás.

Terra dejó de llorar y yo también, y nos sentamos en el sofá. Miré hacia la chimenea, que no tenía leña. Le pregunté ¿Cómo te llamas y qué edad tienes?, y dijo que era Terra y que tenía diecinueve años. Terra es un nombre muy bonito, ¿se escribe sin i? Y ella deletreó T-E-R-R-A. Le dije ¿Sabías que mi héroe hablaba siempre de la TERRA formación de Venus y Marte, es decir, de hacerlos habitables para humanos, plantas y cachorros? Estoy grabando un montón de sonidos en mi iPod de Oro para que los seres inteligentes del espacio sepan cómo es la Tierra, estuve en el FCGAS de Nuevo México e iba a lanzar mi iPod al espacio, pero mi cohete no funcionó. Pero bueno conocí a Steve y a Zed, y a un montón de amigos nuevos, y ahora voy a esforzarme el doble para construir el

Voyager 4, era lo que Lander Civet les decía a todos en Civ-Space. En teoría tendría que haber vuelto a Rockview, pero me llegó un correo de Ancestry.com sobre mi padre, que es tu padre, así que me vine a Las Vegas para averiguar si seguía vivo, porque creía que tenía amnesia, y Zed y yo subimos hasta la Estratosfera y luego nos reunimos en el Zelda's con Steve, que se había ido del bar-restaurante cuando acabó con sus negocios, y cuando llegamos, mi perro Carl Sagan, que es mi mejor amigo no humano, había desaparecido.

Terra me miró y preguntó ¿Qué?, y de repente se empezó a partir de risa, se le salieron los mocos y le cubrieron la nariz y la cara, y me contagió la risa, aunque yo no tenía ni idea de qué era lo que le hacía tanta gracia. Supongo que a mí me hicieron gracia los mocos. Cuando se nos pasó, Terra se fue a la cocina y volvió con unas servilletas. Nos limpiamos la cara y le di más detalles de cómo habíamos perdido a Carl Sagan. Y le dije Se me ocurrió que mi posible padre podría ayudarnos a buscarlo, pero ahora que sé que es imposible, ¿nos puedes ayudar tú?

Terra me ofreció su ayuda, pero no en ese momento. Su madre iba a llegar pronto a casa y antes habría que hablar con ella, y sería mejor que los chicos no estuvieran para entonces. Me preguntó si tenían algún sitio adonde ir y le dije que podrían ir al bar-restaurante, así Steve podría dedicarse a su negocio y Zed meditaría en cualquier sitio, o podrían volver al Zelda's, que a Steve le chifla. Reconoció que no sonaba mal y salimos a comentárselo a los chicos, y les presenté a Terra y les dije que era mi Terra, pero usé la otra palabra, la que ella no quiere que use, de momento.

Steve se quedó de piedra al enterarse de que era mi Terra. No le quitaba los ojos de encima, y se quedó con la boca medio abierta, casi sin hablar. Le pregunté Steve, ¿te has convertido en Zed?, y él pidió perdón. Le pedí que le diera su número a Terra, para poder escribirle luego, cuando hubiéramos hablado con su madre. Se lo dio, Zed y él se marcharon y Terra y yo volvimos a entrar. Ahora estamos en el piso de arriba, grabando esto en su cuarto.

ALEX: ¿Te parece una buena descripción de los hechos?

TERRA: Alex, eres increíble.

ALEX: Terra.

TERRA: ¿Qué?

ALEX: ¿Por qué tienes tantas fotos tuyas aquí dentro?

TERRA: Da un poquito de vergüenza, ¿verdad? Son cosas de mi madre.

ALEX: Estás muy guapa, tenías el pelo larguísimo.

TERRA: Alex…

TERRA: Mira, cuando llegue mi madre, quiero que…

[puerta del garaje]

TERRA: Es ella. Quédate aquí hasta que venga a buscarte, ¿vale?

ALEX: Vale.

[pisadas en las escaleras]

ALEX: Me pregunto si la madre de Terra llevará vestidos de flores, como la mía, porque en algunas de las fotos que me ha enseñado salía…

[gritos ahogados]

ALEX: Eh… ¿Terra?

[pisadas en las escaleras]

MADRE DE TERRA: ¡… no quería que te enfadaras!

TERRA: ¡Pues te has lucido!

MADRE DE TERRA: Cielo, no es que a Howard y a mí nos interese que…

TERRA: ¿Qué? ¿A Howard? Vamos, que Howard tiene voz y voto, pero yo no, a mí no…

ALEX: Esto…

TERRA: Alex, quédate ahí.

MADRE DE TERRA: ¿Y su madre? ¿Está aquí?

TERRA: No, ha venido él solo.

MADRE DE TERRA: Hola, tesoro, ¿cómo has llegado hasta…?

TERRA: Mamá, no le hables como si fuese un crío pequeño. ¿Por qué te ha dado por…?

MADRE DE TERRA: Terra, hay que llevarlo a casa con su madre. Estará muerto de miedo…

TERRA: ¡No es un bebé, deja de tratarlo como si…!

[llanto de Alex]

MADRE DE TERRA: Perdona, corazón, ¿te han asustado los…?

TERRA: Donna. Basta. Siempre haces lo mismo…

MADRE DE TERRA: ¿Siempre hago lo mismo? ¿Qué he hecho, cielo?

TERRA: Para, para… PARA.

TERRA: Alex, coge tus cosas.

MADRE DE TERRA: Terra, piensa un poco…

TERRA: Venga, vámonos.

MADRE DE TERRA: Terra, dime, ¿por qué eres así?

TERRA: ALEX.

[pasos en las escaleras]

MADRE DE TERRA [*a lo lejos*]: Terra, cielo, ¿no podemos…?

TERRA: Cógelo todo. Luego en el coche ya lo ordenas.

[portazo]

TERRA: Perdona por todo esto.

[tintineo de llaves]

TERRA: Adentro, venga.

[puerta del coche]

[motor]

[música electrónica]

Nueva grabación 25

11 min 28 s

¡Hola, chicos! Ya es la segunda vez que estoy en un apartamento. Me quedé a dormir una noche en el de Paul Chung,
en cuarto, cuando éramos amigos, y era más bonito que mi
casa. Las paredes estaban limpias y el suelo era de parquet,
así que yo creí que todos los apartamentos eran iguales,
pero me da la impresión de que no, porque el de Terra no
se parece en nada al de Paul Chung. Es mucho más pequeño y oscuro, y cuando llegamos las persianas estaban baja-
das, así que me acerqué y las subí. Pero aun así no es que
hubiera mucha luz.

Le dije a Terra Qué raro que los pasillos y las escaleras
del edificio estén en el exterior, ¿no?, y le pregunté dónde
estaba el sótano porque tenía que lavar la ropa, me había
llevado solo la imprescindible para el FCGAS y estaba que
daba asco. Puedo poner a lavar mi ropa y la tuya, toda esta

que está por el suelo, pero Terra dijo que qué tontería, que yo era su invitado.

Se puso a recoger la ropa y me dijo que no había sótano, pero que en el piso de abajo había lavadoras que funcionaban con monedas. ¿Igual que las tragaperras?, le pregunté. Según ella eran las tragaperras más aburridas del mundo porque, aunque estés en racha, no ganas más que ropa limpia.

Le di todas mis camisetas y calzoncillos, bueno, menos los que llevaba puestos, y mis calcetines y el jersey de cuello vuelto, y le advertí: Asegúrate de lavarlo por separado con agua fría, y ponlo a secar a la mínima potencia. Me dio una de sus camisetas que ponía NIRVANA y no me quedaba mal, me iba mucho mejor que la de K&H, porque Terra está muy delgada. Le pregunté si creía en el nirvana y respondió que sí, y luego soltó ¿Escuchas a Nirvana?, y yo pregunté ¿Qué quieres decir? Yo creía que el nirvana era un lugar imaginario, donde todo es perfecto, pero también era el nombre de un grupo que le gustaba, y lo puso en el portátil. Le dije que sonaba interesante, pero que yo era más de música clásica y de Chuck Berry.

Terra bajó a hacer la colada y a mí me entró un hambre bestial, el menú degustación del chef me había dejado el estómago vacío del todo. Pensé que quizá ella también tuviera hambre, y me apetecía cocinar algo para los dos, pero en la nevera lo único que había era cerveza, kétchup y mermelada de fresa. Tampoco tenía pan, así que ni siquiera pude hacer bocadillos de mermelada.

Terra volvió de la lavandería y le pregunté ¿Por qué no tienes nada en la nevera? Dijo que normalmente pedía comida a domicilio o se traía algo del trabajo. Es camarera. Quise saber dónde trabajaba y dijo que en un sitio llamado Domino Grill. ¿Y es igual que Johnny Cohete? Johnny Cohete es mi restaurante favorito del mundo, le dije, y respondió que era un bar-asador, así que, además de hamburguesas, servían filetes y pescado, y era todo más caro que en otros bares.

Terra me preguntó qué me apetecía en concreto, y le pedí que fuéramos al Domino Grill, quería ver dónde trabajaba mi Terra, y ella dijo Hoy nos quedamos en casa, podemos pedir la comida, y me enseñó una página web con un montón de restaurantes donde elegir. ¡Ay, ay, ay, pero eran muchísimos, era imposible decidirse! Le pregunté si podíamos pedir para Steve y Zed, si podían venir, y dijo que claro, así que llamé a Steve y lo invité: Oye, Steve, Terra ha dicho que podéis venir a su apartamento, vamos a pedir comida, ¿queréis algo? A Steve le daba igual la comida siempre que hubiera algo vegano para Zed, y además se ofreció a pagar él. Pásame la dirección, me pidió. Terra me la dio y se la mandé.

Pedimos comida india porque yo nunca la había probado, y para todo hay una primera vez. Salimos a esperar a los tres, a Steve y Zed y a la cena, y nos sentamos en las escaleras. Hacía bastante calor y en el cielo solo se veían dos estrellas. Le pregunté a Terra cuánto iba a tardar la comida y dijo que probablemente veinte minutos, y le pregunté cuánto hacía que vivía allí y me dijo que un año, más o menos, y por qué llamaba a su madre y a su padrastro por sus nombres de pila, y me preguntó si nunca me cansaba de preguntar. Pues claro que no, cómo voy a saber la verdad de las cosas si no hago preguntas... ¡BUF!

Se rio y me preguntó cómo era mi madre, y le conté que tiene el pelo negro, un poquito gris, y los ojos de color marrón oscuro, como yo. Terra no los tiene marrones sino verdes, como los de Ronnie y como las hojas de los árboles de mi calle cuando el día está nublado. Es muy guapa, pero no se pone toneladas de maquillaje, como algunas de mis compañeras de clase. Es guapa al natural. Me recuerda a la doctora Arroway, pero en vez de ser rubia, Terra tiene el pelo castaño y lo lleva mucho más corto, como un chico.

Quiso saber cómo era mi casa de Rockview, y mi calle y Ronnie, y si recordaba algo de mi padre. Tampoco se cansa de preguntar, será cosa de familia.

Le conté que todo lo que recordaba de nuestro padre era lo que me había dicho la gente, y cómo se conocieron él y mi madre, y cómo se enamoraron en la cima del monte Sam. Le pregunté cómo había conocido nuestro padre a su madre, pero no lo sabía, nunca había preguntado. Dijo que en realidad tampoco había estado presente en su vida, y que nunca había vivido con ellas, no tenía muy claro por qué salía su nombre asociado a la dirección. Yo tampoco estaba seguro, pero me alegraba, de verdad.

Un rato después volvimos adentro y entonces llegaron los chicos, y también nuestra comida india, y nos sentamos en el suelo, repartimos la comida ante nosotros, rasgamos las bolsas de papel del restaurante y las usamos de manteles, porque Terra solo tiene dos sillas y una mesa.

La comida parecía vómito, pero no sabía mal. Me encantaron las *samosas* y el pan, que se llama *naan*. Se come mojado en curri; me terminé el *naan* y me sobró un montón de curri, y Terra me dijo que podía acabarme su pan. Me comería un millón; bueno, literalmente no, es una frase hecha. En verdad, no podría más que con dos y medio. Le dije a Terra que el *naan* estaba riquísimo, y que la próxima vez que pidiéramos comida en un indio deberían traernos *naan à la mode*.

Steve se pasó toda la cena rarísimo. Ya no estaba tan cabreado y su móvil no paraba de vibrar, pero ni se dio cuenta, y en cuanto Terra decía algo él asentía y decía Sí, o Ajá, o Tienes razón. No le quitaba los ojos de encima, sobre todo cuando ella y Zed se pusieron a hablar del viaje que había hecho Zed a la India, en busca del gurú. Terra se levantó para sacar la ropa de la lavadora y meterla en la secadora y Steve la imitó, y yo pensé que iría a la cocina a servirse más agua, pero se volvió a sentar enseguida, creo que trataba de ser educado porque Terra había dejado su sitio. Steve es todo un caballero.

Poco después me empezó a entrar calor y me sentí hinchado de repente, aunque las ventanas estaban abiertas, así que salí a buscar a Terra para ayudarla con la colada. Tampoco es que el aire de la calle estuviera mucho más fresco. Miré al cielo y no vi más que un par de estrellas, y noté que apestaba a basura y me acordé de que Carl Sagan seguía perdido.

Terra volvió y creo que me vio llorando en las escaleras. Me preguntó qué pasaba y respondí que Carl Sagan no llevaba ni un día desaparecido y yo ya me había olvidado de él. Soy el peor mejor amigo de planeta.

Me dijo que no por eso era un mal amigo, sino al contrario, porque, si me sentía culpable por no pensar en él, demostraba lo mucho que me importaba. Me dio un abrazo de oso y me prometió que a primerísima hora lo buscaríamos juntos, y preguntó si podía escuchar las grabaciones que os he ido dejando en este iPod de Oro, y le dije Pues claro, eres mi Terra, así que mi iPod de Oro es tuyo, y volvimos a entrar y se fue a escucharlas a su cuarto.

Mientras, los chicos y yo nos terminamos lo que quedaba de comida india, luego Zed se puso a meditar otra vez en el suelo y Steve se fue al coche y se trajo todos los móviles que les había comprado a los que necesitaban dinero de emergencia. Empezó a limpiarlos porque va a venderlos en eBay, y le recordé algo: Oye, Steve, ¿no le habías prometido a tu novia que estarías de vuelta en Los Ángeles esta noche? Porque me parece que deberíais poneros en camino. Pero Steve me respondió que solo se tardaban cinco horas en llegar, así que podían quedarse un poco más.

Terra se quedó en su cuarto mucho rato. Creía que se había dormido, así que entré para comprobarlo, y la encontré sentada en la cama con mis cascos puestos. Me alegro de que no te hayas dormido, le dije. Solo quería asegurarme y verte la cara, y además creo que ya está lista la colada, pero ya volveré cuando hayas acabado. Pero me llamó: No, ven. Me senté en la cama y me dio otro abrazo de oso. ¿Y esto?, le pregunté, y me pidió que me quedara, que casi había terminado, así que allí me quedé. Le dio un poco la risa, y a mí también, y luego se tapó la boca con la mano, como cuando uno quiere callarse algo, y se quitó los cascos.

Le pregunté ¿Por qué estás tan triste? Me estoy poniendo triste yo también, y volvió a abrazarme. Reconoció que me admiraba por lo que hacía, y que esperaba que siguiera grabando, y le aseguré que claro, que seguiría con las cintas, estaba redoblando esfuerzos, como me animó a hacer Lander, y no iba a parar hasta que mi iPod de Oro volara hacia el espacio sideral. Terra quería ayudarme con mi misión, fuera como fuera. No podemos separarnos, prométeme que estaremos juntos, y le di mi palabra de socio planetario porque nunca he estado en los *boy scouts* y no podía darle mi palabra de *scout*.

Regresamos a la sala y ayudé a Terra y a los chicos a tirar las cajitas de comida, los manteles-bolsas y el papel de aluminio. Steve se fijó en lo tarde que era, y dijo que estaba agotado después de pasarse el día buscando a Carl Sagan. Terra les ofreció quedarse en su sofá, si querían, y además también tiene un colchón hinchable, y Steve dijo Vale rápido como una centella. Me da la impresión de que no tenía que estar de vuelta en Los Ángeles esta noche después de todo.

Terra sacó el colchón del armario. Estaba metido en una bolsa enana, más pequeña incluso que la mía de loneta. La vi y me quedé de piedra. ¿ESO es el colchón de aire? Lo desenrolló y me enseñó el funcionamiento. Yo creía que era una especie de colchón aéreo flotante, pero no, es un colchón de suelo de plástico, solo que se infla. Le pregunté cuánto tiempo se tardaba, porque una vez yo tardé cinco minutos en inflar una pelota de playa: a cada momento tenía que pararme a tomar aire, y aquello parecía mucho más grande que una pelota. Dijo que no mucho, que traía incluido un inflador eléctrico, y me lo enseñó.

Lo conectó al enchufe, pulsó el interruptor y el inflador empezó a hacer ffffrrrr y el colchón se llenó de aire. Era INCREÍBLE, deberían hacer también un sofá de aire, y una mesita de aire y un butacón de aire, todo cabría en una bolsa de loneta, y así, sin importar dónde fuera, uno siempre estaría en casa. Le pedí que me dejara dormir en el colchón, pero ella dijo que era para los chicos, Si no te importa compartimos cama, y le dije Vale.

¡Qué día, qué día! Aunque mi padre ya no esté vivo y no pueda ser el hombre enamorado de mi iPod de Oro, y aunque aún no haya encontrado a Carl Sagan, he averiguado muchas cosas sobre Terra, y no para de hacer preguntas y llora sin sentido y tiene los ojos verdes y la quiero mucho. Ojalá pueda hablar con su madre y con su padrastro, y ojalá ella conozca pronto a mamá y a Ronnie. No me ha quedado muy claro cómo podía mi padre tener dos familias a la vez, pero creo que la madre de Terra tiene que saberlo. A lo mejor tiene algunas piezas del rompecabezas, y si nos sentamos todos sin gritar ni enfadarnos podremos descubrir la verdad. ¡Además, así habrá más pares de ojos buscando a Carl Sagan!

Seguro que lo encontramos.

Nueva grabación 26

18 min 34 s

¡Hola, chicos! Esta mañana, cuando me desperté, Terra ya se había levantado y estaba otra vez escuchando mi iPod. Me froté los ojos y le pregunté qué hacía, y respondió que quería volver a escuchar una parte. ¿Qué parte?, le dije, y se sentó en el borde de la cama y dijo que quería preguntarme algo.

Los chicos estaban a punto de irse a Los Ángeles y me preguntó si me parecía bien que nos fuéramos con ellos. Pero ¿y Carl Sagan?, le pregunté. Anoche me dijiste que me ayudarías a buscarlo, y me respondió Lo intentaremos hoy por la mañana, pero si no lo encontramos iremos a ver a Ronnie, quizá él pueda ayudarnos. Mientras nosotros estemos en Los Ángeles, aquí seguirán colgados los carteles de PERRO PERDIDO, y si alguien lo encuentra, o si el departamento de control de animales localiza a un perro que responda a la descripción que les hemos dado, daremos media vuelta y volveremos a por él.

Al principio yo tenía dudas, porque allí estaría aún más lejos de Carl Sagan. Le dije a Terra que lo peor es que sé que está por ahí, en alguna parte, pero no sé dónde, ni tampoco sé qué hace, y antes siempre lo sabía. Antes nunca nos separábamos. Le pregunté si sabía qué se sentía. Asintió y empezó a alisar la manta, y la miré y me dio por pensar que tengo unas ganas enormes de ver a Ronnie, y de que conozca a Terra, y me acordé de que Steve dijo que había cinco horas de viaje, que no son tantas, porque tardamos mucho más en llegar desde el FCGAS hasta Las Vegas.

Le pregunté a Terra: ¿Y si buscamos a Carl Sagan y luego tomamos una decisión? A lo mejor hoy tenemos suerte y nos lo podemos llevar a Los Ángeles, porque él tampoco conoce a Ronnie. Terra dijo que claro, que primero haríamos eso, así que se lo dijimos a los chicos y se ofrecieron a ayudarnos, y volvimos al Zelda's y al bar-restaurante y a los contenedores, pero no lo encontramos en ninguno de esos sitios.

Acabé diciéndole a Terra que vale, que si creía que teníamos que irnos, que nos fuéramos, Porque confío en ti y además te prometí que no nos separaríamos, y un hombre vale lo que vale su palabra. Le dije que me esforzaría al máximo y sería valiente.

Ahora vamos por la autopista, detrás de los chicos. Yo voy con Terra en su coche, que tiene los parachoques oxidados y que empieza a temblar como un cohete a velocidad de escape cada vez que va a más de ciento diez por hora. ¿Se va a caer a trozos? Es un pedazo de chatarra. Me ha dicho que espera que aguante, y le he preguntado que por qué no se compraba un coche mejor, pero Terra dice que no necesita cosas mejores, solo necesita sus cosas, y lo respeto.

TERRA: Me alegro de que me respetes.

ALEX: Oye, Terra.

TERRA: ¿Qué?

ALEX: ¿Le has dicho a tu madre que te ibas a Los Ángeles?

TERRA: Pues no.

ALEX: Es tu madre. Por lo menos díselo.

TERRA: Ya lo haré. Si se lo digo ahora, se va a preocupar, y además no necesito su permiso. Ya soy adulta: si quiero ir, voy.

ALEX: ¿Siempre le gritas? Lo de ayer…

TERRA: No le gri… No, no siempre.

TERRA: Es que a veces no escucha. Me trata como si no supiera cuidar de mí misma. Como la llame ahora, le va a dar un ataque, empezará con sus Pero ¿dónde os vais a quedar?, ¿qué vais a comer?

TERRA: Vamos a ver, Donna, en Los Ángeles hay *hoteles*, hay *restaurantes*, la gente *vive* ahí.

ALEX: Te entiendo. A veces la gente se cree que tengo nueve o diez años, y me da rabia porque ya tengo once, no nueve. Ya voy al instituto, no a sexto. De hecho, ya tengo trece años de responsabiliedad, por lo menos.

TERRA: La diferencia se nota, ¿verdad? Pero no lo entienden.

ALEX: Pues no, no lo entienden.

TERRA: Y aún no sé qué pasó, porque antes no era así.

ALEX: ¿Así? ¿El qué?

TERRA: La relación con mi madre, digo. Era muy distinta. Se lo contaba todo. Si había… si había hecho algo que sabía que la iba a disgustar o si tomaba una decisión difícil por mi cuenta, después se lo contaba. Y ella entendía por qué había actuado así, aunque no le gustaran mis decisiones.

ALEX: ¿Una de ellas fue independizarte? Seguro que no le gustó porque sabía que te iba a echar mucho de menos.

TERRA: Hummm… Sí, puede ser. Pero a veces los padres no quieren aceptar que sus hijos crecen. Es como si pensaran, yo qué sé, que si crecemos dejamos de ser sus hijos o algo así. ¡Pero ese es el objetivo de ser padres! Nos crían para que seamos independientes. Pero les cuesta mucho aceptarlo, ¿sabes?, afrontar la verdad.

ALEX: Mi héroe creía en la verdad.

TERRA: Me acuerdo de eso, por tus grabaciones. Yo también creo en la verdad. En todo caso, lo que digo es que, en aquel momento, me parecía que Donna escuchaba y respetaba mi capacidad de decisión. Pero desde hace unos años ha cambiado, y…

TERRA: Lo siento. Perdona por bombardearte con todo esto.

[tono de móvil]

ALEX: Terra, no.

TERRA: ¿No qué?

ALEX: No cojas el móvil mientras conduces. Podemos tener un accidente.

TERRA: Piensas en todo.

TERRA: Pues entonces… cógelo tú.

ALEX: ¿Yo?

TERRA: Ajá. No quieres que lo haga yo, ¿verdad? Pues tendrás que ser mis ojos y mis dedos.

ALEX: ¡Vale! Espera, que dejo el iPod…

[crujidos]

TERRA: Aquí, en el posavasos…

ALEX: A ver, que…

TERRA: Te muevo el…

ALEX: Lo tengo.

TERRA: Genial. Léeme el mensaje.

ALEX: Es de Amy Carter. Dice que te puede cubrir las espaldas mientras estés fuera.

TERRA: Dale las gracias, le debo una.

[teclado]

[tono]

ALEX: Pregunta: Entonces, hoy no irás a la fiesta de Jordan, ¿no?

TERRA: Exacto.

[tono]

TERRA: ¿Qué ha dicho?

ALEX: No es ella. Qué popular eres, Terra.

TERRA [*riéndose*]: Pero ¿quién es?

ALEX: Es Brandon Mullen. Dice Hola.

ALEX: ¿Es tu novio?

TERRA: No, no somos… bueno, puede ser… Es decir, no.

ALEX: ¿Ya os habéis besado?

TERRA: Y hemos hecho más cosas.

ALEX: ¿Con lengua?

TERRA: Sí. Con lengua.

ALEX: Entonces sois novios.

TERRA: [*riéndose*]: Pues sí que es fácil. No sé por qué nos complicamos tanto.

TERRA: Es un rollete.

ALEX: ¿Y por qué estás con él? Si es un rollo…

TERRA: Un rollete es cuando dos personas se quieren durante poco tiempo y luego se separan.

ALEX: Ah. Entonces yo también he tenido uno.

TERRA: ¿En serio?

ALEX: Sí. Al empezar cuarto había una niña en mi clase que se llamaba Emily Madsen que bailaba cancán en Halloween, y nos sentábamos juntos para comer y nos columpiábamos en el recreo, y luego se mudó con su familia a Carolina del Norte y nunca volví a verla.

TERRA: Pues eso, amigo mío, es un rollete como una catedral.

ALEX: Bueno, mejor así, éramos muy pequeños y no era mi tipo.

TERRA: No sabía que tenías un tipo.

ALEX: HOMBRE, pues claro que lo tengo. ¿Tú no?

TERRA: Puede ser. ¿Cómo es tu tipo?

ALEX: Alguien como la doctora Judith Bloomington. Es catedrática de astrofísica en la Universidad de Cornell, y ha escrito montones de trabajos de investigación y cinco libros sobre la posibilidad de que nos convirtamos en una especie multiplanetaria, y un libro de cuentos y poesías, y es buena y amable y guapa y tiene cuarenta y nueve años.

TERRA: Parece una gran mujer.

[tono de móvil]

ALEX: Es Brandon. Dice No puedo dejar de pensar en ti.

TERRA: Contéstale.

ALEX: ¿Y qué le digo?

TERRA: Lo que quieras. Mi móvil es tuyo.

ALEX: Vale.

[teclado]

[tono]

[teclado]

[tono]

[teclado]

TERRA: ¿Qué le has dicho?

ALEX: Le he puesto Hola, Brandon, ¿sabes algún chiste de astrónomos?

[tono]

TERRA: Y dice que…

ALEX: Que si tu padre era un ladrón.

ALEX: Y le he dicho que no, que era ingeniero civil.

ALEX: Y contesta: Fijo que era un ladrón, porque le robó al cielo las estrellas y las puso en tus ojos.

ALEX: Y le he dicho que no, que estoy seguro de que era ingeniero civil, y que las estrellas no se pueden robar porque incluso las más cercanas están a billones de kilómetros y no son propiedad de nadie.

[risa de Terra]

[tono]

ALEX: Dice Me encanta cuando te haces la dura de pelar.

[tono]

ALEX: Pregunta que qué llevas puesto.

[teclado]

ALEX: Le he dicho que llevo puesta tu camiseta de NIR-VANA.

ALEX: Me pregunta que quién soy.

[risa de Terra]

[teclado]

[tono]

[tono]

[teclado]

ALEX: Pregunta ¿Quién es Alex? ¿Dónde está Terra? Todo en mayúsculas.

ALEX: Le he escrito Hola, Brandon, creo que tienes el Bloq Mayús roto.

[risa de Terra]

[teléfono]

ALEX: Está llamando.

TERRA: Deja que salte el buzón de voz.

ALEX: Vale.

TERRA: Genial. A partir de ahora te encargas tú del teléfono.

ALEX: ¡Encargado! ¡Encargado!

ALEX: Oye, Terra.

TERRA: ¿Qué?

ALEX: ¿Por qué no vas a la universidad? Tienes diecinueve años, se supone que deberías ir.

TERRA: Pareces mi madre.

ALEX: ¿En serio?

TERRA: Es una historia larga de contar.

ALEX: Tenemos tiempo, según Google Maps nos quedan cuatro horas hasta Los Ángeles. ¿Dejaste la uni?

TERRA: No la dejé, es que nunca llegué a ir.

ALEX: ¿Y eso? Mi héroe fue a la universidad, a un montón de ellas. Primero a la de Chicago, y se graduó e hizo un máster y se doctoró en astronomía y astrofísica, y luego dio clases en Harvard, y fue catedrático en la Universidad Cornell de Ítaca, Nueva York.

TERRA: Tu héroe no tenía a mi madre ni a Howard.

ALEX: Tenía a Rachel y a Sam Sagan.

TERRA: Te apuesto lo que quieras a que no eran como mi madre y Howard. Cuando era un poco mayor que tú... a los trece..., me di cuenta de que en cuanto cumpliera los dieciocho me iba a tocar marcharme. Así que, cuando llegó el momento, eso fue lo que hice.

ALEX: Pero ¿por qué no fuiste a la universidad? Podías haberlo hecho.

TERRA: Podía, pero conozco a gente que cuando acabó no encontró trabajo. La mayoría de las cosas que te enseñan no te sirven para trabajar en el mundo real, que es precisamente por lo que vas, así que ¿para qué me iba a endeudar hasta las cejas, cientos de miles de dólares, cuando lo único que se hace es competir contra los demás en un sistema artificial?

O peor, cuando te pasas cuatro años bebiendo y de fiesta y al final solo te queda un papel que no vale una mie…

TERRA: Perdón. Es que a veces me pone de muy mala leche el asunto.

ALEX: No pasa nada. Me sé un montón de palabrotas.

TERRA: ¿En serio?

ALEX: Sí. Una vez, en el instituto, Justin Petersen, que está en el equipo de baloncesto y tiene su taquilla junto a la mía, me preguntó si sabía alguna. Y le dije que claro, y se las dije de carrerilla, y que a veces Benji y yo las usamos todas en una sola frase y decimos *piiip*, *piiip*, me *piiip* en la *piiip*, menudo *piiip* de *piiip*.

TERRA: Ya veo, ya.

ALEX: Pero, Terra, ¿por qué crees que la universidad solo te va a servir para encontrar trabajo?

TERRA: Si no, ¿para qué iba a ir?

ALEX: Porque te interesa el conocimiento.

TERRA: …

TERRA: ¿Sabes? Retiro lo dicho. Creo que algunos sí que aprovechan la universidad, y tú serás uno de ellos, estoy segura.

[tono de móvil]

TERRA: ¿Es Brandon?

ALEX: Es Steve. Pregunta si tenemos hambre o ganas de ir al baño.

[tono]

ALEX: Decidlo si lo necesitáis, carita sonriente.

TERRA: Yo aguantaría hasta llegar a Los Ángeles, ¿te parece bien?

ALEX: Cuando lleguemos, ¿podemos ir al Johnny Cohete?

TERRA: Claro.

[teclado]

[tono]

ALEX: Steve dice que Mejor al In-N-Out, que le da mil vueltas, hamburguesa, patatas fritas, pulgar levantado.

[teclado]

[tono]

ALEX: Le he preguntado si tienen tarta de manzana *à la mode* y dice que tienen batidos, vaca, cucuruchos.

TERRA: Que vayan ellos al In-N-Out si quieren. Yo te llevo al Johnny Cohete.

ALEX: ¡Vale!

TERRA: Pero tengo que echar gasolina. Diles que tomamos la siguiente salida.

ALEX: Vale.

[teclado]

[tono]

[tono]

Nueva grabación 27

11 min 52 s

¡Menuda tarde! Y aún es temprano.

Terra y yo íbamos por la autopista cuando de repente aparecieron un montón de carriles, cinco en vez de dos, y más coches que iban a toda pastilla. No llevábamos música y estábamos callados, y Terra dijo que le gustaba el silencio, y yo le respondí que no íbamos en silencio, que se oían el viento y la carretera y el aire acondicionado, y los coches y mi voz ahora al hablar, y Terra admitió que tenía toda la razón. Entonces dijo que lo que le gustaba era la tranquilidad, y yo dije que a mí también me gustaba, así que nos quedamos escuchándola y le conté un chiste de astrónomos.

¿Por qué no se rio la estrella del Perro durante el monólogo?

Porque es un astro muy Sirio.

Terra se rio y le pregunté si lo había pillado, porque algunos de mis compañeros de instituto no lo habían entendido, pensaban que hablaba de geografía. Terra dijo que sí, que lo pillaba, que Sirio es el otro nombre de la estrella del Perro, pero además suena parecido a *serio*, como una persona seca. Se nota que eres mi Terra, le dije, tú sí que me entiendes.

Volvió a reírse y nos quedamos escuchando la tranquilidad, y luego dijo que le habían entrado unas ganas tremendas de nadar. Me preguntó si me apetecía ir a nadar y yo le contesté ¿Y Los Ángeles?, y dijo que haríamos una parada de una horita o dos, que nos vendría bien refrescarnos con este calor. Me pareció una idea genial, porque la verdad es que el aire acondicionado no acondicionaba mucho. Terra dijo que había un lago por allí cerca, que ya ha ido más veces, y lo busqué en Google Maps, y le escribí un mensaje a Steve y respondió Pero aún tardaremos un par de horas en llegar, ¿qué os parece si vamos a nadar cuando estemos allí? Le dije que Terra quería ir ahora y contestó Pulgar, nadador, sol, olas.

Tomamos la salida hacia el lago y de repente aparecieron un montón de curvas, y Terra iba RAPIDÍSIMO. El límite de velocidad era de ochenta, pero en algunas curvas había que reducir a cuarenta, era como ver a Benji jugar al Forza Motorsport, pero sin derrapes. El lago apareció bajo los acantilados y los árboles, a lo lejos, pero no había manera de llegar, así que seguimos conduciendo y siguiendo las señales que aparecían. En la entrada, la guardia del parque nos dijo que había que pagar cinco dólares en efectivo, pero Terra no tenía más que la tarjeta, así que se los presté yo, para algo somos familia.

Bajamos de los coches y nos topamos con una multitud de familias y barbacoas junto a las mesas de pícnic, y a unos niños que jugaban en el agua con una pelota de tenis, y a algunas personas con kayaks en la orilla, y había bebés en donde el agua no cubría, con sus padres y madres. La playa no es una playa normal porque no tiene arena, sino guijarros, y nos quitamos los zapatos y los calcetines, y los metimos en los zapatos para no llenarlos de piedras. Zed colocó su cojín redondo sobre la arena y se puso a meditar, y Steve empezó a ponerse crema y nos preguntó a Terra y a mí si queríamos, y Terra le dijo que sí y me la puso por la cara y el cuello y los hombros. Steve le preguntó a ella si quería que la ayudara a ponérsela, pero dijo Ya me ayuda Alex, ¿verdad?, y le dije que claro, y le ayudé.

Nos sentamos en las piedras y miramos a los que ya estaban en el agua, los niños de la pelota jugaban a un juego parecido al balón prisionero. Pero en vez de tirar la pelota al aire, la hacían botar en el agua. Pasó un rato y Terra propuso que nos diéramos un chapuzón. Steve no estaba muy convencido, porque no teníamos ni toallas ni bañadores, y porque se nos mojarían los coches, pero Terra empezó a quitarse los vaqueros y se metió en el agua con el top y las bragas. Steve no hizo nada para impedírselo, se quedó mirándola y luego preguntó ¿Por qué tienen que ser siempre esta clase de chicas?, pero no me preguntaba a mí, se lo decía al agua. ¿Qué quieres decir?, le pregunté. ¿Qué clase de chicas? ¿Las chicas como Terra? ¿Cuáles?, y respondió Nada, y le dije Como Terra, que *nada* en el lago.

Terra nos gritaba desde el agua: ¡Alex, vamos! ¡Está buenísima! Y yo le respondí, también a gritos: ¡Pero te vamos a mojar los asientos del coche! Y gritó: ¡¿Ahora eres Steve?!, y me reí, porque realmente lo parecía. Le dije a Steve Oye, Steve, ¿seguro que te has puesto crema suficiente? Te estás poniendo rojo, y Terra gritó otra vez mi nombre y le dije Vamos, Steve, ¡vamos al agua!, pero no quiso. Creo que seguía pensando en no mojar los asientos. Así que le dije Pues tú te lo pierdes, me quité la camiseta y los pantalones y me metí en el agua.

No pude tirarme en bomba porque no había suficiente profundidad, así que me tiré en plancha, y el agua estaba HELADA. Terra se rio y comentó que parecía una ballenita, y le pregunté si sabía dónde podíamos ver ballenas, porque quería grabar canciones nuevas para mi iPod. Y respondió

No tengo ni idea, pero en cuanto lleguemos a Los Ángeles, lo preguntamos.

El agua estaba congelada y era muy clara, de color verde azulado. Miré más de cerca y vi puntitos verdes flotando, parecidos a las semillas de chía de un té de hongos que tiene la madre de Benji en la nevera. Terra me dijo que eran algas, que no me preocupara, y le comenté que nunca había visto algas como esas en ningún lago. ¿No es bonito?, preguntó, y le dije Sí, son casi del color de tus ojos.

Nos adentramos en la zona que cubría, y no había tantas rocas, pero no alcanzaba a tocar el fondo con las puntas de los pies, y había algas que rascaban y me hacían cosquillas. Terra estaba haciéndose la muerta y la superficie del agua parecía de diamantes, por los reflejos del sol. Pensé que ojalá tuviera mis gafas de sol, pero estaban en Rockview, en casa. Seguimos nadando y pasamos junto a los niños de la pelota, y allí el lago era muy profundo, tanto que ya no tocaba el fondo, y Terra me dijo que me agarrase a ella y lo hice, y el agua subía y bajaba, pero sin olas grandes, no se podría surfear con ellas. Le pregunté: ¿Tú has hecho surf alguna vez?, porque yo no, solo he montado en monopatín, y la vez que lo hice me caí y me raspé la rodilla, así que no volveré a intentarlo hasta que pueda comprarme protectores adecuados. Terra tampoco había surfeado nunca, Pero en cuanto lleguemos a Los Ángeles alquilaremos unas tablas y aprenderemos.

A Terra le chifla el agua. Dice que siempre que nada se le pasa el tiempo volando. Cada vez que se mete en el mar o en un lago, le da la sensación de haber vuelto a la tierra. Le dije que eso no tenía sentido, porque nunca ha salido de la tierra, y dijo que era una forma de hablar, que en el agua se sentía como en su entorno más natural. Le dije Claro, eso tiene más lógica, porque al principio evolucionamos desde colonias de bacterias oceánicas, hace cientos de millones de años. También le conté que nuestro cuerpo está compuesto casi todo de agua, así que, si uno se para a pensarlo, es casi como llenar un globo de agua y meterlo en la bañera, lo único que separa el agua de dentro del globo del agua de fuera es la goma del globo, y si no existiera esa separación, no habría ninguna diferencia. Qué profundo, comentó Terra, y le dije que tampoco hacía falta una bañera, que en un sitio menos profundo, como un fregadero, también se podía hacer.

Me parece que Steve se puso celoso al vernos a los dos, porque acabó entrando en el agua. Se quitó la parte de arriba, pero se dejó los pantalones, y se metió poco a poco, salpicándose para acostumbrarse al frío. Terra y yo nadamos hasta la zona menos profunda, donde estaba él, y ella se puso de rodillas, y si nos hubierais visto por primera vez en ese momento, habríais pensado que medimos lo mismo. Steve también se sentó, y cuando se metió por completo en el agua se le puso una cara de felicidad total. Lo llamé: ¿Steve, Steve? Ya te dijimos que era buena idea. Y admitió que se alegraba de haberlo hecho.

Volvimos a nado hasta donde estaban los niños jugando con la pelota de tenis y les pedimos permiso para unirnos, y nos dejaron. Terra y yo nos pusimos a un lado con algunos de los niños y Steve se quedó enfrente con el resto, y jugamos con la pelota de tenis y vaya si lo pasamos bien. ¡Tiraban con una fuerza y una rapidez…! Pero los del otro equipo las esquivaban como si nada, y la pelota iba de un lado a otro por el agua, *pam, fiuu, fiuu*, y acababa donde uno menos lo esperaba. Cuando le tocó el turno a Steve, se la tiró a Terra con mucha, MUCHÍSIMA fuerza, rebotó en el agua un par de veces y le dio en toda la boca, y ella se la cubrió con las manos y gritó ¡Ay!, y empezó a alejarse hacia la orilla. Todos le preguntamos si estaba bien, y dijo que sí, que iba un momento al baño. Steve salió y empezó a pedirle perdón, No quería tirarla con tanta fuerza, y Terra le respondió que daba igual, que era un accidente. Él se quedó con una cara larguísima, y le animé: Vamos, Steve, no te tortures, ha sido un accidente. Le pedí que volviera al agua, que aún quedaba partido por delante, pero ya no le apetecía jugar. Se fue a llamar a su novia y me mandó con

Zed, Sin nadie vigilándote, es mejor que no te quedes en el agua, así que me despedí de los chicos y les dije que me lo había pasado genial.

Lo vi alejarse de la orilla y me quedé al sol, y poco después ya estaba completamente seco, excepto el pelo y los calzoncillos. Mientras esperaba a que Terra volviese del baño, se me ocurrió que no era un mal momento para aprender a meditar. Oye, Zed, le dije a Zed, no quiero interrumpirte, pero ¿me enseñas a meditar?, quiero aprender bien. Por supuesto, respondió y me senté con las manos en el regazo, como si sujetara con ellas una hamburguesa, igual que Zed, cerré a medias los ojos y dije Vale, estoy listo.

Zed me dijo que me centrara en la respiración y que vaciara mi mente de ideas a medida que espiraba, pero eso es físicamente imposible, porque el cerebro nunca deja de pensar. Me pidió que buscara los huecos entre mis ideas, y lo intenté pero sin éxito, porque en cuanto dejaba de pensar en una cosa me venía otra a la cabeza, como cuando mencionó los *huecos* y me acordé del hueco que tenía Ken Russell entre los dientes, y en cuanto dejé esa idea le empecé a dar vueltas a cómo habíamos llegado desde el FCGAS, y en que ahora tengo a Terra para que me ayude con las grabaciones, y en mi pelo y mis calzoncillos mojados, y en Carl Sagan, y en volver a llamar al departamento de control de animales.

Zed me dijo que eso estaba genial, Céntrate en ti mismo, en tus ideas, y busca un momento en el que parezca que no existe nada, ni siquiera el tiempo. ¿Como en un agujero negro?, le pregunté, porque en los agujeros negros la gravedad es tan fuerte que dobla la luz y el tiempo y el espacio. Zed me felicitó por la metáfora, y le di las gracias y permiso para usarla en su próximo libro.

Cerré los ojos e intenté imaginarme dentro de un agujero negro, y un rato después empecé a ver colores. Primero el rojo, el que se ve cuando se mira el sol con los ojos cerrados, y luego rosas y azules, manchitas redondas, fue casi igual que en *Contact*, cuando la doctora Arroway mira por la ventana del transportador y ve los remolinos de la galaxia y dice: No hay palabras... para describirlo... Debieron enviar... a un poeta.

Creo que me quedé un poco dormido, pero no estoy seguro, y cuando abrí los ojos, vi la playa, pero no una playa cósmica como la de *Contact*, y no había ningún ser superinteligente con la forma de mi padre. No vi más que la playa de rocas de este lago de California, y a Zed meditando junto a mí, aquí sigue, y Terra aún no ha vuelto del baño, ni Steve de su paseo.

¿Habrá venido alguna vez Ronnie a nadar a este lago? Os apuesto lo que queráis a que, dentro de unas horas, en cuanto estemos en Los Ángeles, abrirá la puerta y le gritaré

¡SORPRESA! Y preguntará Pero ¿qué haces tú aquí?, y correré hacia él y le daré un abrazo, y él me lo devolverá y me preguntará ¿Por qué tienes el pelo mojado?, y le responderé He estado en un lago, nadando, y luego mirará detrás de mí y preguntará ¿Y esta quién es?, y le diré ¡Es nuestra Terra y vive en Las Vegas! ¡Mira, tiene tus mismos ojos!

Me muero por ver qué cara pone al enterarse.

Nueva grabación 28

12 min 34 s

¿A que no sabéis dónde estamos…?

¡En Los Ángeles!

¿Y a que no sabéis en qué sitio de Los Ángeles…?

¡En Johnny Cohete!

Ahora estoy solo con Terra. Steve se ha ido a cenar con su novia y Zed ha vuelto al apartamento, y por fin he conocido a su otro compañero, a Nathan. Es altísimo y está en los huesos. Cuando llegamos, estaba sentado bajo unas palmeras, en el jardín, bebiéndose un café con hielo, y cuando Zed se puso a su lado, eran clavaditos a C-3PO y a R2-D2, aunque Nathan es rubio y el pelo le llega hasta la barbilla, y está un poco encorvado y lleva gafas, y no tiene la piel dorada. De hecho, no se parece mucho a C-3PO.

La casa de los chicos es mucho más bonita que la de Terra, por cierto, y hasta es mejor que la de Paul Chung.

Está en un tercero, y las ventanas del pasillo dan al patio, y el salón tiene ventanales que llegan hasta el techo, es un salón-mirador. Al entrar vi que tenían un montón de cajas vacías en la esquina, y sobres acolchados y papel de burbujas, que me puse a explotar. También tenían veinte cajas cerradas con pósteres y cartas expansión de Battlemorph. ¡En la vida había visto tantas cartas!

Le dije a Steve Vaya, te gustan más las Battlemorph que a Benji, y Steve me dijo que era otra de sus ideas para ganar dinero. Abrió algunas cajas, cogió todos los sobres y los pesó en una báscula igual que la que tiene la madre de Benji en la cocina. Así, sin abrirlas, sabe en qué sobres hay cartas holográficas, porque estas pesan un poquito más que las normales. Abre los sobres con holográficas y las vende por separado, sobre todo las más raras, y luego se queda las normales y las vende en sobres sellados, porque a la gente no le gusta comprar los sobres abiertos. ¿Veis? Ya os dije que Steve era un emprendedor.

Quería mandarle un correo a Benji para contárselo, pero también me apetecía darle a Ronnie una sorpresa, así que le pedí a Terra que fuéramos a su casa cuanto antes. Steve también estaba a punto de salir, había quedado con su novia para cenar y seguramente pasaría la noche con ella, así que, si queríamos, Terra y yo podíamos dormir en su cuarto. Ella le dio las gracias, pero dijo que primero iríamos a ver a Ronnie, y luego ya veríamos.

Llamé a mi hermano y me saltó el buzón de voz, así que le dejé un mensaje, le dije ¡Hola, Ronnie, dime que no estás muy liado, te tengo preparadas dos sorpresas! Y Terra preguntó ¿No está en casa?, y le dije que a veces pone el móvil en silencio, que con Ronnie nunca se sabe, pero que podíamos acercarnos a su casa y llamar a la puerta, y Terra dijo que vale.

Metí su dirección en Google Maps y seguimos las indicaciones, y tardamos más en llegar de lo que nos había dicho la señora de Google porque no hacíamos más que pillar atascos. En Los Ángeles hay un MONTÓN de coches, y también un montón de palmeras, pero más altas que las de Las Vegas. Al final llegamos a la puerta principal, pero no sabía en qué piso vivía, y de hecho no sabía que era un apartamento hasta que Terra señaló el cartel que ponía APARTAMENTOS RESIDENCE WEST.

Volví a llamarlo y me cogió el teléfono. Lo saludé, Hola, Ronnie, ¿estás en casa? ¿En qué piso vives? ¿Por qué no me dijiste que vivías en un piso?, pero me dijo que no estaba en casa, que estaba en Detroit cazando talentos y buscando clientes potenciales en el equipo de baloncesto de un instituto. Pero ¿cuándo vuelves?, le pregunté, porque ahora mismo estoy plantado delante de tus Apartamentos Residence West y quiero presentarte a alguien, y Ronnie dijo Pero ¿de qué hablas? ¿Estás en Los Ángeles?

Le dije Correcto, hemos venido con Steve y con Zed, los conocí en el FCGAS, pero antes hemos estado en Las Vegas buscando a nuestro posible padre, y resulta que era nuestro padre de verdad, pero no es que tuviera amnesia, es que ya no vive, y hemos perdido a Carl Sagan en el Zelda's y estoy tratando de ser valiente, y luego conocí a Terra, que también es tu Terra, y hemos estado nadando en un lago y nos hemos venido a Los Ángeles, y no te he dicho nada porque era una sorpresa.

Ronnie gritó ¡Qué! ¿Quién te ha dado permiso para todo eso?, y le dije ¡Pues tú, solo que no te diste cuenta!, y él siguió diciendo ¡No me lo puedo creer! Pues la hemos liado bien, todavía me quedaré unos días en Detroit. Quizá lo de la sorpresa no fue tan buena idea.

Dijo Ahora mismo llamo a Lauren, tiene otro par de llaves y os podréis quedar en casa esta noche, mientras yo intento pensar algo, pero lo tranquilicé, No hace falta, Steve ya nos ha ofrecido su cuarto porque después de cenar va a pasar la noche con su novia, y Ronnie preguntó ¿Quién?, y le dije Steve, ya te lo he dicho, los conocí a Zed y a él en el FCGAS, ¿te acuerdas? Y entonces Terra me pidió el teléfono.

Habló un rato con Ronnie, le dijo que era una amiga y que era de fiar, Búscame en Facebook si no te quedas tranquilo. Creo que lo tranquilizó, porque cuando Terra me pasó el teléfono ya no me gritó, aunque seguía cabreado. Me dijo que no me apartara de Terra hasta que él llegase, y que si surgía cualquier problema que lo llamara, y además me dio el número de Lauren. Dijo que llamaría a mamá para contárselo todo, y le contesté Vale, pero se está tomando unos días de relax.

Colgué y le pregunté a Terra ¿Por qué no le has dicho que eres nuestra media ya sabes qué? Yo he prometido no decir la palabra, pero tú sí puedes. Terra dijo que este tipo de cosas es mejor hablarlas en persona. Le refresqué la memoria, Pues mira lo que pasó cuando lo hablamos en persona con tu madre, y Terra me dijo *Touché*. Le pregunté que qué significaba eso y me dijo que era francés y venía a ser como decir Tienes más razón que un santo.

Volvimos al coche, Terra no decía nada y yo tampoco tenía ganas de charla, así que nos quedamos callados y nos sentamos. Solo que esta vez no era un silencio tranquilo, no me gustó nada. Terra preguntó ¿Qué te pasa? ¿Es por lo de Carl Sagan?, y le dije Sí, y también porque le prometí a mi madre que volvería al acabar el festival, y luego que volvería directo desde Las Vegas, y no lo hice, y ahora aquí estamos, esperando a Ronnie y yo no he cumplido mi palabra, y ¿qué pasa si mi madre se termina la comida que le he dejado y no le apetece hacerse más? ¿Quién se la va a hacer?

Y los dos nos quedamos callados y tensos.

Creo que a Terra tampoco le gustaba nada ese silencio, porque arrancó y le pregunté ¿Volvemos a casa de los chicos?, y respondió No sé. Pero luego dijo Vamos al mar, a ver la puesta de sol, necesito un sitio donde pensar, así que fuimos en coche hasta una playa, que se llamaba playa de Venice. Ya os he dicho que le chifla el agua. Primero un lago y luego el océano Pacífico, todo el mismo día.

La playa de Venice era enorme, se veía desde muy lejos. Me quedé tan pasmado que grité ¡Me *piiip* en la mar! Estaba repleta de arena, pero arena normal, no piedrecitas como en el lago, y no paraba de metérsenos en los zapatos, así que nos los quitamos y caminamos por la orilla, y la arena allí era plana y húmeda y de color marrón oscuro. Nos metimos un poco en el agua, pero solo hasta los tobillos, y le dije a Terra que con esas olas sería genial surfear. Cada ola que rompía se llevaba la arena de debajo de mis pies, en remolinos. Le dije a Terra Mira, si te quedas quieto, con cada ola te vas hundiendo un poco en la arena, a lo mejor si te quedas mucho rato en el mismo sitio acabas enterrado hasta el cuello y ya no puedes salir. Y ella respondió ¿Y si cuando te das cuenta ya es muy tarde? Te quedarías ahí quieto, ahogándote sin poder hacer nada. Vamos a seguir andando, le dije, no quiero que te ahogues.

Seguimos paseando por la orilla, y vimos los puestos azules de los socorristas y los camiones amarillos, y a gente corriendo y jugando con perros. Volví a pedirle a Terra el móvil y le escribí a Steve preguntándole si le habían llamado del control de animales con alguna noticia de Carl Sagan. Pero dijo que no.

El sol ya casi tocaba el horizonte, así que nos paramos a ver cómo se ocultaba tras él. Empezaron a taparlo las montañas, tierra adentro, y pude mirarlo directamente, no mucho rato, pero más que durante el día. Llegó un momento en que desapareció, pero las nubes seguían rojas y el horizonte dorado, y el agua morada. Debieron enviar a un poeta.

Nos pusimos en marcha y llegamos hasta las pasarelas, que no eran de madera, sino de cemento. Pasamos junto a un *skatepark* y nos quedamos un rato mirando a la gente. Algunos tenían cámaras en los monopatines y en los cascos, como la que habían puesto los del equipo Skywalker en su cohete. Había monopatines y patines en línea, y ciclistas y un chico tocando unos tambores africanos, y un grupito de gente sentada en corro, y en el centro, unos chicos sin camiseta haciendo gimnasia. Uno tenía un micrófono y pedía voluntarios, y los voluntarios estaban en fila en el centro, y los otros chicos corrían y los saltaban a todos, era A-LU-CI-NAN-TE. Y luego vinimos a Johnny Cohete porque Terra me lo prometió en el coche.

Ella ha pedido patatas fritas con café, pero las ha dejado casi todas en el plato. Le he preguntado ¿Por qué no te las comes? ¿Me das unas pocas?, y me ha dicho Todas tuyas. Estaba un poco mareada, pero nada más, y le pregunté si quería ir al médico, Conozco uno buenísimo, pero está en Rockview, el doctor Turner, me hace un chequeo todos los años y lo apruebo siempre con nota, porque me da un certificado que dice SALUD DE HIERRO que lleva su cara estampada.

Me ha dicho que no me preocupara, que por la mañana se encontraría mejor, y le he preguntado que cómo estaba tan segura. Le he dicho Si Benji estuviera aquí, se pensaría que eres vidente o algo, porque le chiflan los horóscopos y esas cosas, pero yo no creo en la astrología. Pero Terra no era vidente, simplemente estaba en esos días del mes, y le he preguntado ¿Qué días? Hoy es martes.

Me ha clavado la mirada, como en un concurso de mirar fijo, así que se la he aguantado todo lo que he podido sin pestañear, pero no lo he conseguido y he perdido. Se me ha acercado mucho, mucho y me ha susurrado Tengo la regla. Le he preguntado ¿Tienes que medir algo?, y me ha dicho que no, que eran unos días en que se hinchaba, se ponía fea y no quería hacer nada, solo arrastrarse hasta la cama. Pues para mí estás guapísima, le he contestado, y también le he preguntado Entonces, ¿tener la regla es como tener un examen? A algunos compañeros míos, cuando tenemos examen, les dan arcadas y tienen que ir al baño. Pero a mí me gustan, sobre todo los de ciencias, así que a lo mejor no me importaría tener la regla.

¡Y se ha pasado dos minutos riéndose! ¡A carcajada limpia! Y luego me ha dicho Para ser tan listo, hay cosas de las que no tienes ni idea, y le he contestado ¡Pues claro!, me paso todo el tiempo estudiando ciencia espacial y astronomía y a mi héroe, si me pusiera a estudiar otras cosas sabría más sobre ellas. Por eso me gusta pasar tiempo con gente que sabe más cosas, como tú.

Terra se ha quedado callada, y tenía pinta de que iba a ponerse a llorar, o a vomitar, o todo a la vez, así que le he preguntado si tenía otra vez la regla. Se ha ido al baño sin explicarme lo que era. Creo que es una metáfora. Clara, la camarera, nos acaba de traer más agua, y le he preguntado ¿Tú sabes lo que es la regla? ¿Es como un examen?, porque mi Terra la tiene, aunque no le hace falta medir nada. Se le ha resbalado la botella y ha encharcado la mesa entera, y nos ha pedido disculpas y ha traído servilletas.

¡Nada, a mí nadie me cuenta lo que es la regla esta! Cuando lleguemos a casa lo buscaré, y cuando me entere bien os lo explico.

Nueva grabación 29

6 min 24 s

Ya sé lo que es tener la regla.

Y… digamos que… no se parece mucho a hacer un examen.

Pero bueno…

Cuando llegamos a casa de los chicos, Steve ya había vuelto. Estaba viendo la tele en el sofá, con una cerveza, y lo saludé, le dije Hola, Steve, creía que ibas a cenar y a dormir en casa de tu novia. Dijo que no quería hablar del tema, que podíamos quedarnos en su cuarto y él dormiría en el sofá. De repente oí unos ronquidos que salían de otra de las habitaciones, creo que Zed se acostó temprano.

Steve le ofreció a Terra una cerveza, ella le dijo que Eso ni se pregunta, y Nathan también se estaba tomando una, llevaba el pelo rubio recogido en una coleta y estaba escribiendo códigos en su portátil. Le eché un vistazo a la pantalla, tenía seis ventanas abiertas al mismo tiempo, y el tamaño de letra era diminuto. No sé cómo podía leer aquello.

Me pareció que Steve tenía muchísimas ganas de hablar de su cena, porque cuando volvió con la cerveza para Terra comentó que le había contado a su novia por qué habíamos tardado tanto en llegar a Los Ángeles, y parece ser que le echó la bronca. Terra le preguntó ¿Por qué sales con ella?, y Steve reconoció que no tenía ni idea y le dio un trago enorme a su cerveza. Terra abrió la suya y les dije No sé cómo podéis beberos eso, yo una vez le di un sorbo a una lata del padre de Benji y estaba asquerosa. No pararon de beber, y cuando se les acabaron las cervezas, Steve hizo un cóctel de OXLI y de vodka.

Cuando tenía seis años, Ronnie celebró una fiesta en casa, aprovechando que mamá había ido a ver al lolo y a la lola a Filipinas, y me mandó quedarme en mi cuarto, hasta llevó la tele a mi habitación para que la viera allí. Pero tuve que salir a hacer pis, así que me fui hasta la puerta del baño y me quedé esperando, porque estaba ocupado, y había una amiga de Ronnie que también estaba haciendo cola. Tenía un vaso de plástico rojo y le pregunté ¿Qué bebes?, y me dijo Vodka con cola. Entonces fue cuando me enteré de lo que era el vodka, la cola ya sabía lo que era. Ronnie me vio y me echó la bronca por estar allí y me mandó a mi cuarto, y fui, pero tenía unas ganas tremendas de hacer pis, intenté aguantarme, pero no lo conseguí. Me puse a llorar y creo que Ronnie me oyó, porque entró y me preguntó que qué pasaba. Se lo enseñé y me dijo Pero ¿por qué no has avisado?, y le dije Me has mandado a mi cuarto y aquí me he quedado.

No sé por qué me he acordado de esto justo ahora, creo que por lo del vodka y porque en la fiesta también había música y gente bailando. Terra quería poner música sí o sí, así que conectó el móvil al equipo de sonido de Steve. ¿Y si lo bajamos un poquito?, les pedí, Vamos a despertar a Zed. Pero Steve dijo que a Zed no lo despertaba nada, ni siquiera una alarma de incendios, y subió más el volumen.

Terra se puso a bailar y me dijo Venga, Alex, a la pista, así que me levanté y bailé un rato. Intentó convencer también a Nathan, pero él se quedó en su sitio, escribiendo su minicódigo, y Steve no paraba de sudar y de hablar a gritos, y a veces se le cerraban un poco los ojos, pero no como si meditase, parecía más bien un zombi, y luego se puso a bailar detrás de Terra y ella le seguía el ritmo, pero no hacía *twerking*. Creo que a Steve le gusta Terra, pero... ¿no tiene novia?

Le comentó algo y ella se rio, y luego se puso a bailar otra vez conmigo, aunque le dije que no se me daba bien, no sé bailar *break-dance*, como Paul Chung, ni hacer *twerking*, y Terra me dijo que me hacía falta practicar, me cogió las manos y dijo que siguiera sus pies. Se tambaleaba, y en cuanto empecé a seguirla me mareé un montón. Aguanté un rato y paré. Steve fue al baño y Terra se sentó junto a Nathan, hablaron y se levantaron. Iban hacia la puerta, y les pregunté ¿Adónde vais?, y ella me respondió Afuera, a tomar el aire, y en cuanto salieron bajé la música.

Steve volvió y preguntó por Terra, y le dije que estaba fuera, con Nathan, tomando el aire. Steve gritó ¡Qué! y se puso a chillar, aunque yo había bajado la música. Volvieron Terra y Nathan, ella riéndose y él sonriendo, mientras Steve ponía cara de haber visto un fantasma. ¿Cómo es que habéis tardado tanto?, preguntó. Terra le dijo que habían estado hablando, y Steve volvió a subir el volumen y apagó algunas luces, me recordó mucho al Zelda's y... bueno... se me quitaron las ganas de estar con ellos, así que salí al pasillo.

Qué raros son los mayores a veces... Cuando paso mucho tiempo con adultos que no son mi madre, me dan ganas de gritarles ¡Estáis todos como cabras!

¿A vosotros no os pasa?

A lo mejor no, porque os pasáis la infancia en la barriga de vuestra madre, y cuando nacéis ya sois adultos. O porque os hacéis adultos muy, muy rápido, y no tardáis dieciocho años.

A lo mejor...

[música alta]

TERRA: ¿Alex?

[baja el volumen]

TERRA: ¿Qué haces aquí fuera?

ALEX: Una grabación.

TERRA: Vente, anda, sin ti no hay fiesta.

ALEX: Me he cansado de bailar.

TERRA: No pasa nada, yo también. Hagamos otra cosa.

ALEX: Ojalá tuviera mi Blu-ray de *Contact*, así podríamos verla. ¿La has visto?

TERRA: No, pero a lo mejor los chicos la tienen, o pueden buscarla en Netflix o en algún otro sitio.

ALEX: ¿De verdad?

TERRA: Claro. Venga.

ALEX: ¡Vale!

Nueva grabación 30

10 min 35 s

¡Buenos días, chicos! Ayer no nos dio tiempo a acabar de ver *Contact*, qué pena. No llegamos ni a la mitad. Nathan se fue a la cama antes de que la pusiéramos, así que solo nos quedamos Terra, Steve y yo, y Steve puso unas palomitas en el microondas y me dijo que si me entraba sueño podía irme a su cuarto, que Terra y él acabarían de verla solos. ¡Pero la primera que se durmió fue Terra!

Pensé que le habría parecido aburrida y por eso se había dormido, pero Steve me dijo que lo más seguro es que estuviera agotada de conducir, beber y bailar, y le respondí *Touché*. Luego se despertó y le pregunté Terra, ¿nos vamos a dormir? Y dijo que sí con la cabeza.

Cuando me desperté, ella no estaba en la cama. Al principio pensé que habría ido al baño, o que se habría vuelto a la tierra, pero en el baño no estaba, estaba Steve, que hablaba con su reflejo en el espejo. Lo saludé, Hola, Steve, ¿qué le dices a tu reflejo?, y dijo que nada, y añadió Dile a Terra que vuelvo luego, tengo un asunto entre manos y voy a llevar a Zed a un curso de meditación.

Antes de que se marcharan, Zed me dio un abrazo de oso. Dijo que estaba en buenas manos si me quedaba con Terra, y que ojalá todo fuera bien con Ronnie, y que, si no me veía antes de que me fuera, que ojalá encontrara a Carl Sagan. Le dije Me había empeñado del todo en ser valiente, ¿no lo ves?, y dijo Claro que lo veo. Se marcharon los dos y me puse a recoger los vasos sucios, las latas de OXLI y de cerveza, lo metí todo en una bolsa de basura, para reciclarlo, y oí la voz de Terra, que venía del cuarto de Nathan.

Pensé que quizá se estuvieran besando con lengua y me acerqué para grabároslo, a lo mejor os interesa saber cómo suena. Pero cuando llegué los encontré sentados en el suelo, hablando. Le dije a Terra Hola, no habrás venido hasta aquí sonámbula, ¿verdad? ¿De qué hablabais? Terra se rio y dijo que de todo un poco. Les dije que iba a preparar el desayuno, y les pregunté si les apetecía algo. Terra me dio las gracias, pero dijo que no hacía falta, que Nathan y ella se iban a quedar charlando un rato más, y les dije Vale, pues os cierro la puerta, porque respeto vuestra privacidad.

Volví al salón, preparé el desayuno y llamé a Cheryl, la señora del control de animales y me saludó y me dijo Aún no tenemos noticias. Le dije Ah, vale... y cogí el portátil de Nathan, pero me costaba concentrarme porque no dejaba de pensar en Carl Sagan, y se me olvidó lo que iba a buscar. Y me metí en Forocohetes.

Estaban todos comentando la misión de Marte, la del satélite. El lanzamiento es dentro de tres días y CivSpace lo iba a retransmitir en directo, como el anterior, ¡qué ganas tengo de verlo! El equipo Skywalker colgó algunas fotos de Lander Civet, que había ido a su universidad y les había entregado un cheque gigante por ganar el Trofeo Civet, el cheque era GIGANTE, y Civet había dado un discurso a los alumnos y había anunciado el próximo premio, que será para la nave que resista un aterrizaje simulado en Marte. La verdad es que es ASTRONÓMICO, ¡son un millón de dólares! Tengo que contárselo a Steve sin falta, con una recompensa así se va a poner como loco. Hay gente que necesita un estímulo para motivarse.

¡Ahí va, por fin un correo de Benji! Me ha mandado unas fotos suyas en un partido de béisbol en Wrigley Field, y también con un pez que pescó en el lago Míchigan, y de él con su madre y su hermana sentados delante de la Cloud Gate, la alubia plateada de Chicago, y de verdad que es una alubia GIGANTE. Le respondí contándole que había ido con los chicos a Las Vegas a buscar a mi padre, que habíamos perdido a Carl Sagan en el Zelda's, que habíamos pegado un montón de carteles y habíamos llamado al departamento de control, que había conocido a mi Terra y había estado en su apartamento, que era mucho más pequeño que el de Paul Chung, que habíamos venido a Los Ángeles y habíamos parado en un lago porque Terra quería nadar, y que habíamos llegado aquí y que Steve tenía miles de sobres de expansión de Battlemorph, que intentaría llevarle uno y que nos habíamos pasado por casa de Ronnie, pero estaba en Detroit, así que habíamos ido a Venice a ver la puesta de sol, y también había patinadores y gente haciendo gimnasia, y que Steve y Terra habían mezclado vodka con OXLI y que nos habíamos puesto a bailar, no a hacer *twerking*, y que nos pusimos a ver *Contact*, pero Terra se durmió, así que aún teníamos…

[puerta]

ALEX: … que acabarla.

ALEX: ¡Hola, Steve!

ALEX: ¿Qué llevas ahí detrás?

STEVE: Es una sorpresa para Terra.

ALEX: ¿Puedo verla?

STEVE: Sí, pero chitón.

ALEX [*susurrando*]: ¡Son margaritas!

STEVE: ¿Le gustarán?

ALEX: ¡Pues claro que le gustarán!

STEVE: ¿Aún duerme?

ALEX: No, está con Nathan, en su cuarto, hablando.

STEVE: Hablando...

ALEX: Sí, estaban sentados en...

ALEX: ¡Steve, llama antes! ¡Están manteniendo una conversación privada!

[puerta]

TERRA [*a lo lejos*]: Por lo menos...

STEVE: ¿Qué...?

STEVE: Pero ¿qué co...?

[gritos ahogados]

TERRA: ¡Para! Vas a...

[pisadas]

ALEX: Chicos, pero ¿qué pa...?

TERRA: ¡Ay, mi madre! ¡Está sangr...!

STEVE: ¡Que me sueltes...!

TERRA: ¡Para! ¡Quieto!

ALEX: ¡Steve, para! Pero ¿qué...?

TERRA: ¡Mira lo que has...!

STEVE: ¡Cállate, cállate! ¡Pedazo...! [ininteligible]

ALEX: ¿Qué...?

STEVE: ¡Ya me has oído! ¡Tu hermana no es más que una...!

TERRA: ¡Cállate!

[llanto de Alex]

TERRA: ¡Mira lo que has hecho! ¡¿Pero a ti qué te pasa?!

STEVE: ¿A mí? ¡Creía que…! ¡Que tú…! Pero ¿por qué con Nath…?

TERRA: ¡Estábamos HABLANDO!

STEVE: Sí, claro, hablando…

TERRA: ¡Que sí!

STEVE: ¡No me mientas! ¡Intentaba ser amable contigo!

STEVE: ¡Te he comprado flores!

STEVE: Te las he… Mira, TOMA, quédate las malditas margaritas…

[llanto de Alex]

TERRA: Alex…

STEVE: Toma esta, y esta y…

TERRA: Alex, ¿estás bien?

STEVE: ¡… y todas!

ALEX: Quiero irme a casa.

TERRA: Yo te llevo, vamos. Cogeremos el…

STEVE: Eso, llévatelo a casa con la vaga de su madre. Hace DÍAS que tendría que haberse ido. No debería estar aquí.

TERRA: ¿Es que no ves que lo estás poniendo nerv…?

STEVE: No me metáis en vuestros rollos de familia disfuncional….

TERRA: Alex, no le escuches.

STEVE: No, no: ESCÚCHAME, Alex, porque aquí nadie te va a decir la verdad.

TERRA: Deja de…

STEVE: Nunca vas a construir un cohete que llegue al espacio. ¡No puedes! ¡Eres un crío, y un crío nunca será capaz de…!

TERRA: Basta, basta, BASTA. No le hables como si fuera…

STEVE: ¿Como si fuera qué? ¿Un adulto? ¿Prefieres mentirle, decirle que no pasa nada, que él solito va a hacer algo que cuesta miles de millones? ¿Te crees que vas a arreglar algo? ¿EH? ¿Te crees que vas a revivir a tu padre, o que tu hermano…?

TERRA: CÁLLATE.

STEVE: Pues tengo malas noticias: dentro de veinte años te vas a levantar y te vas a dar cuenta de que la vida es una…

TERRA: STEVE.

STEVE: … y los que se hacen llamar tus amigos te la van a clavar por la espalda…

TERRA: Yo no… Y Nathan…

STEVE: Sí, sigue negándolo. Te crees que soy imbécil, ¿verdad? ¿Y QUÉ si lo soy? ¡A lo mejor a Alex le hace falta que un IMBÉCIL como yo le enseñe cómo funciona la vida, que no le dé falsas esperanzas!

STEVE: Alex, voy a decirte una cosa, este IMBÉCIL te va a hacer el favor de tu vida. Va a coger tu iPod y te lo va a…

[crujidos]

[llanto de Alex]

TERRA: ¡Estate quieto…!

STEVE: ¡Que me des el…!

Nueva grabación 31

12 min 49 s

TERRA: Y unas patatas…

TERRA: Alex, ¿algo más?

ALEX: ¿Pueden ser patatas *à la mode*?

TERRA: ¿Tienen helados? Ajá. No.

TERRA: ¿Un sándwich de helado?

ALEX: Vale.

TERRA: Sí, perfecto. A la 325. Gracias.

[teléfono]

ALEX: Chicos, ojalá hubierais visto a Terra. Steve ha intentado quitarme el iPod y ella no le ha dejado, no paraban de tirar y tirar, y Terra le ha dado un puñetazo en la cara.

TERRA: Y bien merecido.

ALEX: Ha sido alucinante, de verdad. Creo que le has dejado el ojo morado.

TERRA: Sí, sí que lo ha sido. Y luego, cuando nos hemos quedado todos allí parados, y él con esa cara de...

TERRA: Solo de pensarlo...

TERRA: Me pone histérica.

ALEX: ¡Pero no tiene sentido! ¡Te llevó margaritas! ¿Por qué se puso a chillar, por qué intentó pegarle a Nathan si solo estabais hablando, por qué le pegaste? La violencia no resuelve nada.

TERRA: Creía que te iba a hacer daño. Y no podía permitírselo.

ALEX: Le pegaste para que no me pegara...

ALEX: Sigo sin entender por qué se puso así. Sé que le gustas... ¿Pensaría que te gustaba Nathan? ¿Fue por lo que le dije, lo de la conversación priv...?

TERRA: Eh. No. Tú no tienes la culpa, ¿vale?

TERRA: Steve pensó que...

ALEX: ¿Que qué?

ALEX: Terra, ¿qué pensó?

TERRA: Pues pensó que me gustaba Nathan. Pero hay más. A veces la gente se pelea porque cree... porque quiere convertir a otra persona en algo que no es. O que no quiere ser. Intentan controlar a la gente, y cuando les sale el tiro por la culata, lo mandan todo a tomar por... a tomar viento. No lo asimilan.

ALEX: Pero yo creía que tenía novia. ¿No la quiere?

TERRA: Steve no sabe lo que es querer a alguien.

ALEX: ¿A qué te...?

TERRA: Ya he conocido a varios como él: no son hombres, solo son niños grandes.

ALEX: Yo soy un niño.

TERRA: Pero llegará un momento en que serás un adulto, Alex. Y cuando lo hagas, no tratarás a la gente de la manera que lo hace Steve. Sé que no.

TERRA: Olvídate de él. No volveremos a verlo, ¿vale?

ALEX: Vale. Pero, por favor, cuéntame lo que pasó cuando se fue. Me quedé dormido. Cuéntaselo a ellos.

TERRA: Alex, no sé si deberías dejar de grabar un poqui...

ALEX: Porfa.

TERRA: Alex...

ALEX: Porfa, porfa, porfaaa.

TERRA: Muy bien.

TERRA: Es verdad, te quedaste dormido. Te fuiste al cuarto de Zed para desconectar del drama y te quedaste frito. No te culpo, a mí también me dejó agotada.

TERRA: Fui al baño con Nathan y le ayudé a limpiarse la sangre. Por suerte no tenía la nariz rota, solo hinchada, y tenía un corte bajo el ojo, por las gafas.

TERRA: Recogí todas nuestras cosas y le dije que te llevaba a Rockview, a casa. No quería quedarme a esperar a Steve.

ALEX: Y entonces me desperté.

TERRA: Sí, te despertaste.

ALEX: Y nos despedimos de Nathan y le pedí que se disculpara con Zed por no quedarnos, y que ojalá alcanzase la iluminación en su curso de meditación.

ALEX: ¿Qué te dijo Nathan?

TERRA: Nada, le pedí perdón por haber armado tanto follón y dijo que estas cosas pasan. Si te soy sincera, estaba un poco cabreada con él, porque no hizo nada. No se defendió. Pero no sé, tal vez no sea la primera vez que Steve se pone así y Nathan ya esté acostumbrado.

ALEX: ¿Habías estado alguna vez en un hotel?

TERRA: Sí, varias veces.

ALEX: Este es precioso. Las sábanas están muy bien dobladas.

TERRA [*riendo*]: Pensé que, ya que nos queda mucho camino por delante, podíamos darnos un caprichito.

ALEX: ¿Mañana podemos ir al Gran Cañón?

TERRA: Ojalá, pero tengo que llevarte a casa. ¿Has llamado a tu madre?

ALEX: Sí, mientras te duchabas. Le he dicho que volvíamos.

TERRA: ¿Y qué te ha contestado?

ALEX: Nada. Le he dejado un mensaje. No le gusta coger el teléfono cuando está de relax.

TERRA: Alex…

ALEX: Tú también deberías llamar a tu madre.

TERRA: ¿Y qué le digo?

ALEX: Que me vas a llevar de vuelta a Rockview, y que la quieres.

TERRA: No quiero que me grite nadie más. Hoy ya he tenido bastante.

ALEX: ¿Cómo sabes que te va a gritar?

TERRA: Lo sé.

ALEX: Deja que la llame yo, y le voy diciendo lo que me digas, y te voy contando qué responde, así no tendrás que oírla gritar.

TERRA: No te voy a meter en ese marrón.

ALEX: Venga, coge el móvil.

TERRA: …

ALEX: Porfa.

TERRA: Vale.

TERRA: Porque me lo has pedido.

ALEX [*susurrando*]: Chicos, Terra va a llamar a su madre.

TERRA: Hola. Soy yo.

TERRA: Donna, ya sé…

ALEX: Dile que la quieres.

TERRA: Mamá…

TERRA: Te quiero.

TERRA: No, no pasa nada.

TERRA: ¿Qué va a pasar?

TERRA: Sí. No.

TERRA: Perdona por preocuparte.

TERRA: Sí, está aquí conmigo.

TERRA: Me he ido de Las Vegas, por eso no estaba.

TERRA: No quieras saberlo. Me lo llevo de vuelta a Colorado.

TERRA: Ahora mismo es difícil de explicar.

TERRA: No parece que…

TERRA: No tiene a nadie más.

TERRA: Ya lo sé. Iré con cuidado. Mamá, ya lo sé.

TERRA: No sé cuándo.

TERRA: Ajá. Dale recuerdos a Howard.

TERRA: Tú también. Chao.

[sollozo]

ALEX: ¿Te ha gritado?

TERRA: Ven. Dame un abrazo.

[crujidos]

ALEX: Terra…

TERRA: Hum.

ALEX: Lo que dijo Steve, ¿es verdad?

TERRA: ¿El qué?

ALEX: Lo de que es imposible que lance un cohete al espacio.

TERRA: Steve es imbécil. Que nadie te diga que algo es imposible.

ALEX: Pero… si es verdad, quiero saberlo. ¿Es verdad?

TERRA: Es… muy difícil.

ALEX: Pero ¿es imposible?

TERRA: Imposible, no. Pero no es algo que pueda llevar a cabo una sola persona. Todos los científicos espaciales cuentan con un equipo que los ayuda, y además hace falta mucho tiempo y dinero. Más del que te imaginas ahora mismo.

ALEX: Tengo mucha imaginación.

TERRA: Ya lo sé. Si hay alguien capaz de hacer despegar un cohete, ese eres tú. No hay mucha gente que tenga lo que tú tienes.

ALEX: ¿Qué tengo?

TERRA: Un plan, una misión. Sabes lo que quieres. La mayoría de la gente se rinde y olvida lo que quiere. Se topan con el primer obstáculo y abandonan, y luego intentan hundir a los que hacen lo que ellos no pudieron hacer. Eso es lo que intentó Steve. Era un problema suyo, ni tuyo ni mío.

ALEX: Ahora tengo algo más.

TERRA: ¿El qué?

ALEX: Tengo una Terra. Y me vas a ayudar a buscar todos los sonidos de la Tierra, y vamos a redoblar esfuerzos y juntos construiremos el *Voyager 4*, y el año que viene volveremos al FCGAS y lo haremos despegar.

TERRA: Alex…

ALEX: Qué raro. No paro de pensar en lo que me dijo aquel chico mayor.

TERRA: ¿Qué chico?

ALEX: El que se hizo pasar por adulto y me ayudó a subir al tren, pero se puso enfermo, ¿te acuerdas? ¡Creía que habías escuchado las grabaciones!

TERRA: Ah, el chico mayor, sí. ¿Qué te dijo?, recuérdamelo.

ALEX: Ojalá encuentres lo que andas buscando. Yo pensaba lo mismo, y lo raro es que buscaba sonidos de la Tierra y un hombre enamorado, y de repente descubrí que a lo mejor tenía un padre y fui a buscarlo, pero encontré a mi Terra, y me alegro mucho, MUCHÍSIMO, pero sigo sin encontrar a mi padre ni al hombre enamorado, porque no creo que Steve sea ese hombre, y pienso que no encuentro nunca lo que busco, siempre encuentro otra cosa, y ahora además busco a Carl Sagan, así que ¿eso significa que no lo voy a encontrar?

TERRA: No pienses eso.

ALEX: ¿Y qué pienso?

ALEX: Terra, ¿qué pienso?

[llaman a la puerta]

HOMBRE SIN IDENTIFICAR: Servicio de habitaciones.

TERRA: La comida…

ALEX: Terra…

ALEX: Dime la verdad, ¿vamos a encontrarlo?

ALEX: Dime la verdad.

[llaman a la puerta]

TERRA: No lo sé.

ALEX: ¿No?

TERRA: La verdad es que no lo sé.

ALEX: Pero puede que sí, ¿no? No es imposible.

TERRA: Puede que sí, claro.

[llaman a la puerta]

TERRA: Siempre hay esperanza.

HOMBRE SIN IDENTIFICAR: Servicio de habitaciones.

Nueva grabación 32

3 min 29 s

Hola, chicos, esta mañana, al salir del hotel, he vuelto a llamar a Ronnie. Le he dicho que Terra y yo volvíamos a Rockview. Le he preguntado ¿Qué tal te va con tu cliente potencial?, y me ha respondido ¡Qué! ¡Te dije que te quedaras en Los Ángeles!, y me ha gritado y había mucho ruido de fondo. Creo que estaba con los del equipo de baloncesto. Le he repetido que Terra y yo volvíamos a Rockview, pero gritando, para que me entendiese, y ha dicho ¡Muy bien! ¡Así me gusta! ¡En cuanto llegues, llámame!

Llevamos seis horas en el coche. Bueno, seis horas no, porque hemos parado a echar gasolina y a comer. Ahora estamos en la gasolinera. Terra quería llegar esta noche a Rockview, pero dice que no podrá conducir otras seis horas, ¿Y si paramos en Santa Fe y buscamos un motel? Le dije ¿Y si mejor vamos a un camping o dormimos en el coche? No quiero que te gastes todo el dinero, y dijo que el camping le parecía una idea perfecta.

Me puse a buscar en Google Maps y vi que estábamos cerca de Taos, Nuevo México, ¡y recordé que la tienda de Ken Russell estaba en Taos, Nuevo México!

Le enseñé a Terra la tarjeta que me había dado Ken en el FCGAS y dijo que habría que llamarlo, que quizá nos dejara acoplarnos. Le pregunté ¿Como un acoplamiento espacial? y me dijo que más o menos, que acoplarse era quedarse en casa de alguien a pasar la noche. Es decir, quedarse a dormir, le dije, y me respondió Justamente eso. Vamos a llamarlo y a preguntarle si nos presta el patio para dormir una noche.

Llamé y lo saludé: Hola, Ken, soy yo, nos conocimos en el FCGAS y te ayudé a colocar las vallas de lanzamiento e intenté lanzar el *Voyager 3*, pero no lo conseguí y me regalaste una camiseta donde ponía Al Novel Más Esforzado, y luego fui a Las Vegas con Steve y con Zed, y con Carl Sagan, también lo conociste, pero lo perdimos en el Zelda's y lo buscamos y colgamos carteles y llamamos al departamento de control de animales, pero aún no saben nada, y luego encontramos la dirección de mi posible padre y conocí a mi Terra y nos fuimos a Los Ángeles con los chicos, pero Ronnie no estaba en casa, celebramos una fiesta y Steve le rompió las gafas a Nathan y le hinchó la nariz e intentó quitarme el iPod, así que Terra le dejó un ojo morado y ahora me está llevando de vuelta a Rockview, y ayer pasamos la noche en un hotel y ahora vamos por la I-40, en dos horas y media pasaremos por Taos, Nuevo México, ¿podemos acoplarnos en tu casa? Quedarnos a dormir, digo, no acoplarnos como en un acoplamiento espacial.

Ken permaneció callado un buen rato, y pensé que el móvil se había quedado sin cobertura, o que se había cortado la llamada, así que dije ¿Hola? y Ken respondió Pero ¿quién eres?, así que bueno, por lo menos no se había cortado. Volví a empezar, pero Terra me pidió el móvil y le dije que no quería tener un accidente, y dijo Pues pon el altavoz. Habló con Ken y le explicó de nuevo que me había conocido en el FCGAS, y le preguntó si podíamos acampar en su jardín, porque aún tenemos mi tienda y por la mañana nos vamos. Ken dijo que lo iba a consultar con su mujer y que nos llamaba, y entonces paramos a…

[teléfono]

¡Es Ken! Un momento, chicos, voy a cogerlo.

Nueva grabación 33

2 min 21 s

La casa de Ken Russell está junto a una carretera de gravilla, y cuando llegamos, le dije Ken, tu calle está llena de baches, deberías llamar a un ingeniero civil. Al principio no lo reconocí porque se ha afeitado la barba espesa, ahora solo tiene un bigote espeso y rizado por los lados. Pero sigue siendo majestuoso.

Ken nos dijo Pasad, pero no habléis muy alto, mi hija Hannah está durmiendo la siesta, y dijo que su mujer, que se llama Diane, aún no había llegado porque estaba viendo a un paciente. La señora Russell es fisioterapeuta. Le pregunté a Ken ¿Qué diferencia hay entre un terapeuta y un fisioterapeuta?, porque mi madre iba al terapeuta cuando yo estaba en segundo, pero dejó de ir porque Ronnie decía que era tirar el dinero. Ken me contó que la señora Russell trabaja con gente discapacitada o que ha tenido accidentes y padece problemas de espalda, y les ayuda para que aprendan a moverse. Le dije que Terra debería pedirle cita, durante el viaje se quejaba de que le dolía la espalda.

Ken dijo Vamos fuera, al observatorio, allí podremos hablar en voz alta, y le dije ¡¿Tienes observatorio!? y me tapé la boca porque no quería decirlo tan alto. ¡Qué emoción! Salimos al patio, que es enorme, casi todo de tierra, con pocos arbustos verdes, y no hay vallas que separen el suyo del de los vecinos, para un lanzamiento sería perfecto.

El observatorio de Ken no es un observatorio de verdad, Ken lo llama así porque tiene dos pisos, y el de arriba tiene unos ventanales enormes, y debajo está el despacho de la señora Russell. Pero mola bastante. Ken tiene ahí su telescopio y una alfombra y cojines en el suelo, y una mesita con revistas científicas y de yoga, y algunos de los juguetes de Hannah. Solo había una maqueta del *Saturno V* en una vitrina, pero nada más, y le pregunté Oye, Ken, ¿y el resto de tus cosas?, y me dijo En la tienda.

Después de ver lo que él llama su observatorio, Ken nos invitó a cenar, había pizza y ensalada. La señora Russell llegó, le dio un beso a Ken y nos saludó, se puso ropa de deporte y salió a correr, y Terra fue con ella, aunque no tenía calzado adecuado, solo unas deportivas normales. Ken está en la cocina, cortando verduras, y yo estoy cuidando de Hannah, que se acaba de despertar de la siesta, y me recuerda a la hermana de Benji, solo que no le gusta andar, prefiere arrastrarse, como una lombriz gigante. Intenté cogerla y enseñarle a jugar con sus juguetes, pero no paraba de escurrirse y uno de los patucos no hacía más que caérsele. ¡Se lo volvía a poner y al rato ya no lo tenía! Luego casi se echa a llorar, no sé por qué, y yo intenté animarla con una secuencia de lanzamiento, a mí a veces me ayuda. Empecé, Cinco… cuatro… tres… y se le pusieron los ojos como platos, y seguí Dos… Uno… y seguía igual, y movía los brazos como diciendo ¡Más rápido, venga!, y empecé a hacer *fiuuummm* y le dio la risa. Creo que la cuenta atrás le daba igual, solo le gustaba el *fiuuummm*. Le dije que debía ser paciente.

Ahora me mira mientras hablo con vosotros, y tiene otra vez los ojos como…

[Hannah chilla]

Creo que quiere el iPod.

[Hannah balbucea]

Creo que quiere deciros al…

¡Ay! ¡Me haces cosquillas!

[risa de Alex]

Ken, me parece que tenemos aquí a una futura astrónoma.

[risa de Ken]

[más balbuceos de Hannah]

Nueva grabación 34

14 min 50 s

ALEX: ¿… seguro? Si quieres me voy a otro…

ALEX: Ay, ya está grabando.

TERRA: No pasa nada, aún tardaré en dormirme.

ALEX: Creía que estabas agotada de conducir.

TERRA: Pues parece que no.

TERRA: Sigue hablando. Me gusta mirarte cuando grabas.

ALEX: Vale. Voy a hablar bajito, por si te entra el sueño.

ALEX: Hola, chicos. Apuesto a que pensáis que Terra y yo hemos acampado en el jardín de los Russell, pues no. Estamos en el observatorio. Ken y la señora Russell nos han dado permiso para quedarnos, así no tenemos que dormir fuera, y han sacado una aerocama, que es una especie de colchón hinchable. Mucho mejor que dormir en el suelo.

La pizza de Ken estaba de rechupete, por cierto. Me ha dado la receta y voy a intentar hacérsela a mi madre cuando vuelva. Durante la cena les contamos todo lo que nos había pasado desde el FCGAS, Ken dijo que menuda cantidad de cosas y yo le dije que a su barba también le habían pasado muchas cosas desde la última vez que nos vimos. La señora Russell dijo que menos mal que ya estaba de camino a casa, que cuando ella pasa un par de días fuera empieza a sentir nostalgia, y que cuando era pequeña una vez se dejó la puerta abierta y TAMBIÉN se le escapó el perro. Pero uno de sus vecinos lo encontró y se lo llevó, y añadió Ojalá Carl Sagan aparezca pronto.

Después de cenar acostó a Hannah mientras los demás recogimos la mesa y lavamos los platos, y Ken y yo le contamos a Terra lo emocionados que están los de Forocohetes con el lanzamiento de esta semana, el de Marte. Le hablamos también de mi héroe, y Ken me contó que había visto *Cosmos* en la tele cuando estaba en la universidad, y que había grabado todos los episodios en VHS. Le pregunté qué eran los VHS, y me dijo que eran cintas, y le pregunté qué significaban las siglas y me dijo que Video Home no sé qué, no estaba seguro. Eran como los Blu-rays, pero grandes y rectangulares, y en vez de discos, tenían una cinta magnética, y se atascaban siempre por todas las piezas que tenían dentro y eran muy poco elegantes. Le dije Ah, es decir que eran como el antepasado de los mamíferos, que parecía una musaraña, pero fue un paso importantísimo de la evolución, a lo mejor los VHS son como esas musarañas, pero en forma de película, y Ken me felicitó por la metáfora.

Luego subimos al observatorio a mirar por el telescopio de Ken, pero estaba nublado, así que no vimos mucho, y Terra fue a buscar su tienda de campaña, pero la señora Russell nos dijo que no había ningún motivo para que durmiéramos a la intemperie, que podíamos quedarnos en el observatorio. Ken y ella nos trajeron la aerocama y sábanas y almohadas, y también agua, porque son unos magníficos anfitriones.

TERRA: Estoy totalmente de acuerdo. Y además tienen una química impresionante.

ALEX: ¿Una quí...?

TERRA: Es decir... Química es cuando dos personas están juntas y son algo más. Crean algo así como... una tercera persona.

ALEX: ¿Como Hannah?

TERRA [*riendo*]: También, pero me refiero más bien a una especie de energía que existe entre esas dos personas. Es... algo que casi se ve, casi se siente, es evidente para cualquiera que los ve. La manera en que se hablan..., se les nota en la voz.

ALEX: Se nota que están enamorados.

TERRA: Exacto.

ALEX: A lo mejor se enamoraron como nuestro padre y mi madre, o como nuestro padre y tu madre.

TERRA: A lo mejor…

ALEX: ¡Oh! ¡Ken podría ser mi hombre enamorado!

TERRA: Ajá…

ALEX: Mañana le pregunto.

TERRA: Diane me comentó antes… cuando estábamos fuera, antes de cenar… me dijo que después de prometerse vivieron separados durante un tiempo. La madre de Ken estaba enferma y él se mudó para estar cerca de ella, pero Diane acababa de empezar las prácticas de fisio en San Francisco y quiso quedarse.

ALEX: Pero ahora está aquí… ¿Cambió de opinión?

TERRA: Se lo pregunté y me dijo que en realidad no, pero tuvo que quedarse hasta que se sintió preparada. Y Ken tuvo que irse, y se cabreó porque ella no lo siguió, y ella se enfadó con él porque quisiera renunciar a su vida de San Francisco. Dijo que solían discutir mucho por ese tema.

ALEX: Pero ¿no se quieren? Si están enamorados, ¿por qué iban a discu…?

TERRA: Es… es complicado. Por mucho que quieras a alguien, no significa que nunca haya discusiones. Aunque, normalmente, si hay amor, todo se supera.

ALEX: Terra…

TERRA: Dime.

ALEX: ¿Te has enamorado alguna vez?

TERRA: Sí, una vez.

ALEX: ¿De tu rollete?

TERRA: No, fue distinto. Fue de verdad.

ALEX: No lo entiendo… ¿Qué diferencia hay entre el amor de verdad y el amor de no-verdad? ¿Cómo supiste que era de verdad? ¿Cómo te das cuenta?

TERRA: Es una sensación muy profunda. Cuando lo notas, lo tienes claro. No es fácil de describir.

ALEX: ¿Y te dan ganas de dar besos con lengua?

TERRA: A veces sí, pero hay mucho más. Parte del asunto es dar un poco de ti. Como un sacrificio, pero en plan bien. Das una parte de ti a cambio de algo más grande, y es genial y raro a la vez. Pero vale la pena al cien por cien.

ALEX. Pero ¿cómo te das cuenta? Habrá una manera de saberlo. ¿Midiendo el ritmo cardíaco y las ondas cerebrales, como hacía mi héroe? ¿O eso no sirve? Además, acabas de decir que a ellos se lo notas. ¿Cómo estás tan segura?

TERRA: Hum… Quizá no se puede estar completamente seguro si se ve desde fuera. Quizá solo lo saben los implicados.

ALEX: Pero, entonces, ¿cómo podemos saber que nuestro padre quería a mi madre o a la tuya?

TERRA: Pues…

ALEX: ¿Eran un rollete nada más?

TERRA: No, no eran un rollete. No lo sé. No recuerdo mucho más que tú sobre él.

ALEX: ¿De qué te acuerdas?

TERRA: Me acuerdo… Me acuerdo de que me cogía en brazos y me ponía su barbilla en la mejilla, y yo me retorcía e intentaba escaparme, porque me rascaba con la barba.

TERRA: Es raro. Lo que más tengo son recuerdos sensoriales. Es decir, no lo veía mucho. Sabía que vivía en otra parte, pero no dónde exactamente. Cuando venía a Las Vegas, se pasaba por casa. Donna salía con otros hombres, pero él se pasaba a verme a mí.

TERRA: Una vez me compró un guante de béisbol y Donna se enfadó. No quería que me acostumbrase a verlo, creo. Pero el guante me encantaba. Jugábamos a pases y él tiraba la pelota con una fuerza… No aflojaba porque yo fuese una niña. Me acuerdo de eso… De que la mano me hormigueaba cuando la pelota chocaba contra el guante, de cómo se me dormía.

TERRA: Pero bueno… Tenía otra vida de la que yo no sabía nada. Contigo y con tu madre, y con Ronnie. Sabía que había tenido otra familia, pero no preguntaba. Creo que no quería saberlo…

ALEX: Bueno, ahora ya sabes un poco, y mañana vas a conocer a mi madre y sabrás incluso más cosas, y luego te enseñaré mi casa y mi cuarto y mis cosas, los libros de mi héroe y mi teseracto y mi...

TERRA: ¿Tu teseracto?

TERRA: ¿Como el de las pelis de superhéroes?

ALEX: No, eso es otra cosa. Un teseracto es un objeto cuatri-dimensional. Me lo dio el señor Fogerty, mi profe de ciencias.

TERRA: Pero ¿cómo es?

ALEX: Es un cubo transparente dentro de otro cubo.

TERRA: Me cuesta imaginarlo...

ALEX: Vale. Sabes que un cuadrado tiene dos dimensio-nes y un cubo tiene tres, ¿verdad?

TERRA: Sí.

ALEX: El teseracto es la versión cuatridimensional de un cubo.

TERRA: Ajá...

ALEX: Pero en realidad el mío no es un teseracto de ver-dad, es la sombra de uno. Es un sombracto.

TERRA: Un sombrac...

ALEX: Claro, porque las sombras de los cubos son pla-nas, así que los teseractos tienen sombras tridimensionales, pero como NOSOTROS somos tridimensionales, es la única manera que tenemos de verlos: por sus sombras.

TERRA: ¡Vaya!

ALEX: Será más fácil que te lo enseñe cuando lleguemos a casa.

TERRA: Vale…

ALEX: ¿Aún no te queda claro?

TERRA: ¿Qué? Pues… Sí, es que… No.

TERRA: Tengo muchas cosas en la cabeza.

ALEX: ¿Como qué?

ALEX: ¿Terra?

TERRA: Me ha escrito mi jefe, el del restaurante, preguntando por qué no he ido. Y Amy también me ha escrito, no puede cubrirme eternamente. Tal vez no sea una buena idea conocer a tu madre mañana, quizá únicamente debería dejarte en Rockview y volverme a Las Vegas.

ALEX: Pero… ¿por qué?

TERRA: No lo sé. No sé lo que va a pasar cuando la conozca. Me preocupa que explote el universo.

ALEX: Creo que eso es imposible.

TERRA: ¿Ah, sí?

ALEX: Sí, porque ya explotó hace trece mil ochocientos millones de años. De hecho, en la actualidad sigue explotando.

TERRA: Alex…

TERRA: Oye, cuéntame algún chiste de astrónomos. A lo mejor así me tranquilizo.

ALEX: Hum… ¿Te sabes el de los dos astrónomos del observatorio?

TERRA: No.

ALEX: Es bastante largo.

TERRA: Tenemos tiempo.

ALEX: Vale.

ALEX: Había dos astrónomos, Marco y Polo, y eran los mejorcísimos amigos del mundo. Trabajaban en un observatorio de las montañas, cerca de un antiguo campo de patatas.

ALEX: Un día que Polo volvía de viaje, llegaba con retraso por culpa del avión. En vez de llegar el domingo, llegó el lunes por la noche y tuvo que ponerse a trabajar. Estaba tan cansado que se quedó dormido en la mesa y soñó con la lluvia de meteoritos más bonita que había visto en su vida.

TERRA: ¿Cómo de bonita?

ALEX: PRECIOSA. Debieron haber enviado a un poeta.

TERRA: Qué bonito. Sigue, sigue.

ALEX: Resulta que Polo soñó con la lluvia de meteoritos y, de repente, lo despertó un CATAPUM y un estruendo de rocas que caían, y recordó que, al dormirse, estaba viendo, o eso se suponía, una lluvia de meteoritos de verdad.

Salió por la puerta del observatorio, y una vez fuera, volvió a oír un ruido, pero mucho más alto, ¡CATAPUM!, y con el rabillo del ojo vio una serie de brillos naranjas en el cielo. Se dio la vuelta en el acto, pero no vio nada.

Polo empezó a correr colina abajo, se oyó otro PUM y luego más rocas, y se dirigió hacia el estruendo. De repente localizó a Marco y a otro grupo de astrónomos, que estaban examinando el lugar. ¡Marco, Marco!, gritó, ¡ten cuidado, los tenemos muy cerca! De repente, una lluvia de piedras cayó sobre ambos.

Una semana después, su jefe fue a visitarlos al hospital. ¿Cómo están, doctor?, le preguntó al médico, y este le contestó Han sufrido traumatismos por culpa del impacto de unas patatas que salieron volando, debido a un escape de gas. A Marco le cayeron encima diez… y a Polo, once.

[grillos]

[risa de Terra]

[risa de Alex]

[carcajadas]

ALEX: A Polo, once. Como el *Apolo 11*, la nave que llegó a la luna.

Nueva grabación 35

6 min 51 s

¡Chicos, no os vais a creer lo que ha pasado! ¡No os vais a…! Uy.

Perdón. Terra está durmiendo. Os lo cuento en voz baja.

Resulta que nos marchamos de Taos bastante temprano, pero antes de salir Ken me dijo que me tenía preparado un regalo, y me dio una caja ¡y dentro había un telescopio antiguo! Se lo encontró buscando el VHS de *Cosmos*, ¡y como ya tiene uno, me lo puedo quedar!

Pero no es eso lo que no os vais a creer.

Resulta que nos despedimos de los Russell…

¡Ay, no! ¡Me he olvidado de pedirle a Ken que fuera mi hombre enamorado! No me lo puedo creer… A lo mejor podemos… No, ya estamos muy lejos.

Perdonad, chicos, lo llamaré y se lo pediré. Seguro que podemos hacerlo por teléfono, no habrá problema.

Bueno, el caso es que nos despedimos de los Russell y entramos en la autopista, y a lo lejos se veía que estaba cayendo un chaparrón enorme, con rayos, y poco después de tomar una curva en la autopista, nos dirigimos justo en dirección a la tormenta. Llovía un montón, casi no se veía la carretera, aunque Terra encendió los faros y conectó los limpiaparabrisas al máximo. Le dije Terra, creo que es un monzón, quizá deberíamos parar, pero ella dijo Seguimos, ya nos ha pillado de lleno y la mejor manera de salir es dejarlo atrás. No quería que tuviéramos un accidente, y tenía muchas ganas de llegar cuanto antes a Rockview para que Terra conociese a mi madre, y creo que ella también se moría de ganas.

Pues seguimos conduciendo, y cada vez que pasábamos junto a un tráiler las ruedas nos salpicaban enteros y Terra aceleraba para adelantarlo, y no paramos en ningún restaurante ni gasolinera, pero la señora Russell nos había preparado algo de comida, y eso fue lo que comimos. La tormenta parecía que no se iba a acabar nunca, pero de repente la lluvia amainó y Terra puso los limpiaparabrisas al mínimo. Pensé que estaríamos en el ojo del monzón, pero no sé si los monzones tienen ojos, como los huracanes, supongo que no porque siguió lloviendo flojito. Después me dormí y me desperté justo cuando entrábamos en mi calle, fue rarísimo. Me sentí como los radiotelescopios de *Contact*, cuando no detectan más que ruido y de repente captan una señal y empiezan a hacer *vommm vommm vommm*, pero en vez de detectar inteligencia extraterrestre yo detectaba que estaba cerca de casa.

Fueron seis horas de camino, aunque deberíamos haber tardado cuatro. Cuando llegamos a mi casa, seguía lloviendo un poco, pero no como con el monzón, y saqué las llaves de mi bolsa de lona y abrí la puerta. Había un silencio sepulcral porque Carl Sagan no estaba allí para menear el rabo y saltarme encima. Terra me preguntó si estaba bien y le dije ¿Cómo puedo seguir olvidándome de mi mejor amigo?, y ella preguntó por mi madre y le dije que mi madre también era una de mis mejores amigas, pero que hablaba de Carl Sagan. Terra me preguntó si mi madre estaba en casa y le dije ¡Voy a ver!

Fuimos hasta su puerta y llamé y dije ¿Mamá? ¿Estás en casa? No hubo respuesta, así que abrí, pero no estaba. Le dije a Terra Seguro que ha salido a pasear, espero que se haya llevado un paraguas. Ella me preguntó que cuándo iba a volver y le dije Depende de si ha ido a la derecha o a la izquierda al llegar a la casa de Justin Mendoza, pero si quieres subimos al tejado a buscarla. Vi que bostezaba otra vez, como hacía en el coche, y le dije que debería dormir un poco y conocer a mi madre cuando llegara. A Terra le pareció buena idea.

Le enseñé mi cuarto y se tumbó en la cama de Ronnie, y yo cogí el teseracto de la estantería para enseñárselo, pero cuando me di la vuelta, ya se había dormido, ¡y todavía llevaba puestos los zapatos! Se los quité y fui al armario del pasillo a por una manta, porque no se había tapado.

Salí del cuarto e iba a llamar al control de animales, pero vi que el contestador parpadeaba, es decir que teníamos mensajes, y me puse a oírlos. Había algunos míos desde Nuevo México y Las Vegas y Los Ángeles. Ronnie había dejado otro para nuestra madre y además había otro de una tal Juanita, del Departamento de Servicios Sociales de Colorado, que le pedía a mi madre que la llamara. Y el último de todos era de una señora muy maja de Las Vegas que se llamaba Janine Maplethorn y DECÍA QUE HABÍA ENCONTRADO A CARL SAGAN, QUE HABÍA ENCON… ¡Uy!

Me he puesto a gritar.

Janine Maplethorn decía en el mensaje que había visto mi nombre y mi número en el collar de Carl Sagan, y que menudo nombre para un perro. La llamé al momento, pero al principio me costó hablar, como si tuviera un globo de agua en el pecho, y cuando ella contestó ¿Diga? Fue como si alguien pinchase ese globo y yo me inundase por dentro, e intenté hablar, pero me fue imposible, y también me costaba respirar, y pensé que así debía de sentirse Zed cuando hacía voto de silencio.

Pero al final lo conseguí y le dije a Janine Maplethorn que había recibido su mensaje acerca de Carl Sagan, y le pedí que me pusiera con él, pero antes le pregunté dónde lo había encontrado. Dijo que escondido debajo de un coche, al salir de hacerse la manicura. Lo puse al teléfono y le dije ¡Hola, chico! ¡Soy yo, Alex!, y creo que me reconoció porque oí tintinear el collar.

Janine Maplethorn me preguntó qué edad tenía y le dije que once, pero que por lo menos tenía trece años de responsabiliedad, y dijo Chico, pues vigila mejor a tu perro, que está muy lejos de casa. Y le dije Sí, se escapó cuando estaba con los chicos en Las Vegas, cuando acabó el FCGAS, mi cohete no funcionó, y luego conocí a mi Terra y nos fuimos a ver a Ronnie a Los Ángeles. Janine Maplethorn dijo ¿Y por qué no te montas en el cohete ese y vienes a por tu perro?

Le dije que era imposible, que un cohete tan grande era muy, muy caro, por eso Lander Civet trabaja construyendo cohetes reutilizables. Janine Maplethorn me dijo Pues diles a tus amigos de Las Vegas o de Los Ángeles que vengan a por él, no me voy a pasar la vida cuidándolo, y le dije que era una buena idea… Cuando Terra se despierte le diré que se lo pida a su madre, que vive en Las Vegas. Janine Maplethorn me dio su dirección y me gritó ¡Que venga pitando, tu perro no para de tirarse pedos!

Eso es porque tiene que comer pienso natural con pavo, sin gluten ni lácteos, porque tiene el estómago sensible.

Nueva grabación 36

2 h 4 min 14 s

[sartén al fuego]

Chicos, ¿me oís? Hay algo de ruido porque estoy preparando la cena, espero que se me oiga bien.

Mi madre aún no ha llegado, sigue de paseo, pero creo que se va a poner contentísima cuando vuelva y me vea preparando otra vez la comida. Se ha acabado todo lo de la nevera y ha cocinado su propia comida, lo sé porque en el fregadero estaban los platos sucios y las sartenes y los tápe-res. He subido al tejado a ver si la veía, pero nada, y le he escrito a Terra una nota diciéndole Voy al Safeway a hacer la compra, pero no me habría hecho falta porque cuando volví seguía dormida. Debe de estar destrozada.

[espátula]

Ojalá pudiera grabaros olores con el iPod de Oro. Mi héroe convirtió imágenes a binario, o sea a unos y ceros, cuando grabó el Disco de Oro, así que a lo mejor se me ocurre alguna manera de convertir olores a binario, porque no creo que exista la tecnología para hacerlo. Si existiera, os grabaría el olor de las espinacas que estoy preparando ahora, y el del puré de patatas con nata y mantequilla que he hecho antes. Y el de las chuletas de cerdo al horno, que es el favorito de mi madre. Le encantan las chuletas. Imaginad si le gustan que una vez fue al Safeway y volvió con tres kilos y medio y se las comió todas sin cocinar.

[espátula]

Hala, listo.

[cajón]

[utensilios]

Voy a ver si Terra está despierta.

[pasos]

[puerta]

ALEX: ¿Terra?

[chirrido]

ALEX: ¿Estás despierta?

TERRA: Mmm.

ALEX: Terra, llevas durmiendo cuatro horas y media.

TERRA: ¿En serio?

ALEX: En serio.

ALEX: La cena ya casi está, he preparado chuletas de cerdo al horno con espinacas y puré de patatas, ¡y tengo noticias! ¡Janine Maplethorn ha encontrado a Carl Sagan!

TERRA: ¡Qué bien! ¿Y quién es Janine Maplethorn?

ALEX: Una señora muy amable de Las Vegas. Telefoneó, dejó un mensaje y la he llamado yo. ¿Puedes avisar a tu madre para que vaya a recoger a Carl Sagan? Pero que vaya pitando.

TERRA [*riendo*]: Pues claro.

TERRA: Oye… ¿ha vuelto tu madre?

ALEX: Aún no.

TERRA: Alex, ¿está…?

ALEX: Terra…

TERRA: ¿Ajá?

ALEX: Te apesta el aliento.

TERRA [*riendo*]: Genial.

ALEX: Usa mi enjuague, es la botella azul verdosa del botiquín del baño. Y te he puesto un cepillo en el bote, el rojo.

TERRA: Eres un cielo, científico espacial. Algún día harás muy feliz a la doctora Judith Bloomington.

TERRA: Dos minutos, ¿vale? Enseguida salgo.

ALEX: ¡Vale! ¡Voy a ver si veo a mi madre!

[trote]

[puerta del garaje]

[crujidos]

[se cierra la puerta]

[cisterna]

[puerta]

[cajones]

TERRA: ¿Dónde está el…? Ah, esto debe ser la cosa aquella de la que me habló, el cubo dentro de un cubo.

TERRA: Vaya, se ha olvidado su…

TERRA: ¡Eh, Alex!

TERRA: ¿Dónde estás?

ALEX [*a lo lejos*]: ¡Aquí arriba!

TERRA: ¡Alex! ¿Tenéis aspirinas?

TERRA: ¡Te has dejado el iPod encima de la cama!

ALEX: ¡Sí, en el…!

ALEX: ¡Aaahhh!

[golpe]

TERRA: ¿Alex?

[Alex grita]

TERRA: ¡Alex!

[pasos apurados]

[Alex grita más fuerte]

TERRA [*a lo lejos*]: ¡Alex!

[ladridos]

TERRA: ¡No te muevas! ¡Voy a…!

[Alex grita]

TERRA: ¿Hola? ¡Hola! ¡Necesito ayuda! Mi hermano se…! [incomprensible]

TERRA: *No, se ha…*

[Alex grita]

[ladridos]

TERRA: Las llaves, las llaves, ¿dónde las…?

TERRA: ¡Las llaves!

[portazo]

TERRA: ¡No cuelgue!

[Alex grita]

[ladridos]

[portazo de un coche]

[motor]

[neumáticos]

[motor acelerando]

[ladridos]

[timbre]

HOMBRE SIN IDENTIFICAR: ¿Hola?

[timbre]

HOMBRE SIN IDENTIFICAR: ¿Hay alguien en casa?

[llaman a la puerta]

HOMBRE SIN IDENTIFICAR: Hemos escuchado gritos desde la calle. ¿Va todo bien?

[llaman a la puerta]

HOMBRE SIN IDENTIFICAR: ¿Hola?

[coches]

[pájaros]

[coche]

[grillos]

[coche]

[grillos]

Nueva grabación 37

3 min 15 s

Soy Terra. Alex está en el postoperatorio. Salió del quirófano hace una hora. ¿O dos horas? Yo qué sé. He llamado a su casa, a su hermano, a mi madre y a Howard, he llamado a todo el mundo. Son las tres de la mañana, están todos dormidos.

Dios, cómo odio los hospitales. Aún no me dejan pasar a verlo. La enfermera ha dicho que no están seguros de cuánto rato lo tendrán en observación antes de trasladarlo a la habitación. Y a mí esperar no se me da nada bien. No podía hacer absolutamente nada. Ni encargarme del papeleo… no tengo sus datos del seguro, ¡ni siquiera sé cómo se apellida su madre!

Volví a su casa a buscarla. Cuando llegué su coche estaba en el garaje y pensé que ya habría llegado, pero me acordé de que cuando nosotros llegamos el vehículo ya estaba allí. Tenía el guardabarros abollado…, antes no me había fijado. ¿No dijo Alex que su madre ya no conducía? Aquí hay algo que no me gusta, que no me gusta nada. Volví a mirar en su habitación y la cama estaba hecha… ¿Estaba así antes? ¿O la había hecho Alex…? Y había montoncitos de esas cosas de los periódicos, cómo se llaman… cupones… a lo largo de toda la pared. Como torres. Cubiertas de polvo. Es como si nadie utilizase esa habitación últimamente. Y se me ha ocurrido pensar… ¿Y si hace ya bastante tiempo que su madre no viene por aquí? ¿Y si lleva ausente mucho tiempo? Dios, no sé, ¿y si Alex se la ha inventado? Es decir, si ha estado fingiendo que ella sigue aquí, y… ¿y si no puede afrontar que ya no esté? Ahora que lo pienso, nunca lo he visto hablar con ella por teléfono… No, no puede ser. ¿No? ¿Cómo es posible, cómo iba a vivir en esa casa él solo? ¿Qué está pasando aquí?

Karen. Así se llama. Su madre se llama Karen.

¿Por qué estoy contándoselo a este chisme? No tengo ni idea. De camino al hospital Alex no hacía más que hablar de su iPod, decía que seguía grabando, que se iba a quedar sin batería. Yo no paraba de repetirle que volvería a por él, que se lo llevaría. Quizá tendría que haber esperado a una ambulancia, pero cuando me di cuenta ya estábamos en mi coche. No recuerdo ni haber mirado la dirección. Acabo de volver al sitio donde cayó y el césped está crecidísimo, como si llevaran años sin cortarlo. Y la escalera seguía apoyada en la valla y había sangre en el extremo del tablón o lo que sea. Un trozo de valla. Por lo menos no ha sido una herida profunda, como mucho dos o tres centímetros… Dios. No debería haberla sacado, debería habérsela dejado clavada. Pero ¿por qué intentaba subir al tejado con el telescopio?

Aún sigo aquí…, en la casa. He tirado el palo ese y he vuelto a meter todo en el garaje, y al volver he visto la cena que había preparado Alex. Aún estaba en la mesa, sin tocar, y me he dado cuenta de que, desde que salimos de casa de los Russell, no me había llevado nada a la boca. Ni siquiera he cogido un tenedor. Luego he intentado meter las sobras en la nevera, pero me costaba encontrar las cosas, he tardado diez minutos en dar con un táper lo bastante grande. También he intentado llamar a Ronnie otra vez, unas cinco veces, pero no ha respondido. ¿Vuelvo al hospital? ¿Me quedo a esperar a su madre? He intentado escuchar las grabaciones de antes del accidente, pero a los pocos segundos me resultaba imposible. Al oír su voz…, volvía a verlo colgando de la verja y…

Nueva grabación 38

3 min 26 s

Soy yo otra vez.

Aún no han subido a Alex a planta.

No sé por qué tardan tanto.

No me han dado ninguna explicación, aparte de que necesitan vigilarlo. Llevo muchísimo rato esperando.

Esperando, nada más.

Al final he conseguido hablar con Ronnie. Le he contado lo que ha pasado y se ha quedado completamente callado, por lo menos al principio. Seguramente estaba en estado de *shock*. Le he preguntado si su madre seguía viviendo en la casa y se ha puesto en plan Pero ¿qué dices? Pues claro que vive ahí. Le he contado lo de los cupones y el polvo, y ha dicho que intentaría averiguar qué pasaba, y le he preguntado también cuándo pensaba venir y su respuesta ha sido Pero Alex va a estar bien, ¿verdad? Lo llevarán a la habitación y se pasará un tiempo descansando.

Y de repente me he dado cuenta de que no quiere venir, no quiere…

¡Ja! Ya no puedo ni enfadarme. Estoy agotada.

El caso es que he empezado a chillarle y él me ha respondido también a gritos, preguntando qué podía hacer él y que, si Alex iba a seguir en el hospital, qué más daba que viniera hoy o dentro de dos días. Y he saltado, le he gritado Pero a ti ¿qué te pasa? Alex necesita estar con su familia. Al final me ha pedido que no me moviera de aquí, cogerá el próximo vuelo. Por fin ha razonado, creo.

He vuelto a intentar escuchar las grabaciones. Esta vez he conseguido llegar más lejos, hasta la grabación de… de cuando fuimos a casa de los chicos. Cuando estuvimos bebiendo y de juerga.

…

¿Cómo he podido ser tan… tan…?

Sentí náuseas al escucharla, al saber que me comporté así. Delante de *él*. Al saber que…

[llanto ahogado]

Y después llegué a la parte en la que… Y no pude… Me fue imposible escuchar más. Y no podía seguir allí… en la sala de espera… Tenía que…

[sollozo]

Me metí en el coche y arranqué. Conduje un rato, sin rumbo.

Esta ciudad no tiene muchas farolas… O por la noche las apagan… Los semáforos estaban todos en ámbar, parpadeando, y en cierto modo me animaron. A seguir. A convertirme en dos faros calle abajo, mientras todo y todos dormían.

Pasé por delante de una gasolinera abierta y giré en redondo. Entré y compré un paquete de chicles. Intenté romper el plástico, pero me temblaban muchísimo las manos. Al final conseguí abrirlo, y el dependiente me preguntó ¿Estás bien?, y le respondí No.

Y ahora aquí estoy, plantada fuera de la tienda. Mirando los surtidores. Ya no sé cuánto tiempo he estado aquí.

Dios, pero ¿qué *hago*?

¿Qué *tengo* que hacer?

¿Podéis decírmelo?

No, claro que no, porque se lo estoy preguntando a un puñetero iPod.

Nueva grabación 39

4 min 10 s

TERRA: Está grabando.

TERRA: ¿Quieres cogerlo?

ALEX: ...

TERRA: Te lo dejo aquí, junto a la mano, ¿vale?

ALEX: ...

TERRA: ¿Quieres agua o un zumo?

ALEX: ...

TERRA: Vale, si te apetece dímelo.

ALEX: ...

TERRA: Alex, quiero que escuches bien lo que te voy a decir, y quiero que seas totalmente sincero. Sabes que puedes contármelo todo, ¿verdad?

ALEX: ...

TERRA: Si me entiendes, asiente.

ALEX: ...

TERRA: Dijiste que tu madre había salido a pasear.

TERRA: ¿Sabes adónde va cuando sale?

ALEX: …

TERRA: ¿Has ido con ella alguna vez?

[gruñido]

TERRA: Espera, te la acerco.

[la cama se reclina]

TERRA: Venga, bebe.

[pajita]

TERRA: ¿Quieres más? Se lo puedo pedir a la enfermera.

ALEX: …

TERRA: Vale, si te hace falta algo, dímelo.

TERRA: Alex, cuando tu madre va de paseo…, ¿cuánto tarda en volver?

TERRA: ¿Una hora?

ALEX: …

TERRA: ¿Más?

[gruñido]

TERRA: No hables, hazlo con los dedos.

TERRA: ¿Tres? ¿Tres horas? ¿Y luego vuelve?

ALEX: …

TERRA: ¿Recuerdas alguna vez que no haya regresado?

[gruñido]

TERRA: Alex, ya sé que es difícil. Aguanta un poco, por favor, y ayúdame, para que lo entienda.

TERRA: Solo quiero saber la verdad. Tu héroe creía en la verdad, ¿no?

ALEX: …

TERRA: Bien. Ahora dime… ¿Alguna vez ha tardado más de unas horas?

ALEX: …

TERRA: ¿Cuánto es el máximo?

ALEX: …

TERRA: ¿Cuánto tiempo, Alex? Con los dedos.

ALEX: …

TERRA: ¿Horas?

ALEX: …

TERRA: ¿No? ¿DÍAS? Vale, días…

TERRA: Oye, voy un momento a hacer una llamada. Estoy aquí fuera, ¿de acuerdo?

ALEX: …

[cortina]

[cortina]

TERRA [*a lo lejos*]: Quiero denunciar una desaparición…

[la cama se reclina]

[la cama se reclina]

[la cama se reclina]

[la cama se reclina]

[la cama se reclina]

[la cama se reclina]

[cortina]

[gruñido de Alex]

TERRA: ¿Qué pasa?

TERRA: ¿Quieres el iPod?

ALEX: …

TERRA: Vale. Yo te lo guardo. Tú ahora tienes que recuperarte.

TERRA: Cuando estés mejor te lo devuelvo, ¿vale?

ALEX: …

TERRA: Buen astrónomo.

TERRA: Y ahora descansa.

Nueva grabación 40

10 min 48 s

TERRA: Alex, mira.

TERRA: Tienes visita.

ALEX: Hola, Steve.

TERRA [*a Steve*]: Aún está un poco tocado.

STEVE: Te he traído un regalo.

ALEX: ¿Qué es?

TERRA: Ábrelo tú mismo.

[bolsa]

ALEX: ¡Johnny Cohete!

TERRA: Lo malo es que ahora no puede comer.

ALEX: Es verdad. Me han puesto a dieta líquida.

STEVE: Vaya, ¡lo siento!, tenía que haber preguntado.

ALEX: Pero huele de rechupete. Ojalá me pudiera comer el olor. Pero entonces estaría a dieta gaseosa.

TERRA: Ya ves que sigue igual que siempre.

TERRA: Oye, Alex, vamos hasta la ventana. Steve tiene otra sorpresa para ti.

ALEX: ¿En serio?

TERRA: Ve a mirar.

[la cama se reclina]

TERRA: Con cuidado.

TERRA [*a Steve*]: Antes le costaba andar.

ALEX: Sí. Estaba mareadísimo. Pero la doctora Clemens me ha ordenado moverme para… ehhh… Se me ha olvidado.

TERRA: Para que no se le pegaran los órganos a la columna o algo así.

TERRA: Mira, allí abajo. ¿Lo ves?

ALEX: ¡CARL SAGAN! ¡Y Zed! Lo habéis traído, gracias, gra… Ay…

TERRA: Con cuidado…

STEVE: ¿Estás bien?

ALEX: Me duele a veces.

STEVE: Lo siento, he intentado pasar con Carl Sagan, pero los perros tienen prohibido el acceso, todos menos los lazarillos.

TERRA: Steve y Zed se han pasado la noche conduciendo.

ALEX: Terra, entonces, ¿ya no estás enfadada con Steve?

STEVE: Eh…

TERRA: Lo que pasó en Los Ángeles ahora da igual. Lo importante es que te recuperes.

ALEX: Tengo que ir al baño.

TERRA: ¿Puedes tú solo?

ALEX: Creo que sí.

[puerta del baño]

TERRA: Si necesitas ayuda, pega un grito.

[puerta del baño]

STEVE: ¿Cuánto tiempo lo van a tener aquí?

TERRA: El médico ha dicho que un día o dos.

STEVE: ¿Y su madre?

TERRA: Aún no ha dado señales de vida. Volví ayer a su casa porque tenía que darle a la policía una foto suya.

STEVE: ¿Y su hermano?

TERRA: En principio, cogió un avión anoche, pero no he sabido nada de él. Le he dejado un mensaje por lo de su madre, pero no sé.

TERRA: Steve, ¿siguen mal las cosas entre Nathan y tú…? Lo siento.

STEVE: Soy yo el que lo siente. Tenías toda la razón cuando…

HOMBRE SIN IDENTIFICAR [*a lo lejos*]: ¿…dónde está la B612? Estoy buscando la habitación…

[cortina]

TERRA: ¿Ronnie? ¿Eres…?

RONNIE: ¿Y Alex?

TERRA: Está en el baño.

RONNIE: ¿Y este quién es?

STEVE: Soy Ste…

[llaman a la puerta]

RONNIE: Alex, soy yo. ¿Estás ahí?

ALEX: ¿Ronnie?

RONNIE: Colega, ¿qué tal?

ALEX: No puedo hacer caca.

RONNIE: No puedes…

TERRA: Lo han puesto a dieta líquida. Lleva estreñido desde…

RONNIE: ¿La poli ha dicho algo?

TERRA: Que yo sepa, no.

[cisterna]

[grifo]

[puerta]

ALEX: ¡RONNIE!

RONNIE: Con calma, colega.

RONNIE: A ver.

TERRA: Cuidado con las vendas.

RONNIE: Pero ¿qué…?

RONNIE: ¿Por qué le han puesto dos? ¿Cómo es que han cortado por…?

TERRA: Tuvieron que abrirlo y entubarlo para asegurarse de que no había daños en el intestino. Tenemos suerte de que no haya sido peor.

RONNIE: ¿Esto es suerte? Para empezar, ¿qué hacía con la escalera?

ALEX: Ronnie, ¿has conocido a Steve? Ha venido con Zed, que está fuera con Carl Sagan. Ven a la ventana y te lo enseño…

RONNIE: Sí, sí, sí. Ya he visto al perro. Y a un *hippie* pelado.

ALEX: Ronnie, qué alegría que hayas venido. Sé que tienes muchas reuniones con clientes potenciales.

RONNIE: Claro, colega. Quería asegurarme de que estabas bien.

RONNIE: Mirad, ahora que estoy aquí podéis…

TERRA: ¿Qué?

RONNIE: Yo a ti te conozco. Pero ¿de dónde?

ALEX: Es nuestra her…

ALEX: Perdón, es nuestra Terra y compartimos padre.

RONNIE: Que compartimos…

TERRA: Ronnie…

RONNIE: Afuera. Ya.

TERRA: Deja que te…

RONNIE: Afuera.

TERRA: Toma, Steve, coge el…

STEVE: Ajá…

[cortina]

ALEX: Quédatelo, Steve.

STEVE: Vale.

STEVE: Voy a poner la tele. ¿Qué te apetece ver?

[televisión]

ALEX: ¿A qué hora es el lanzamiento del satélite a Marte? ¿Podemos verlo en directo?

STEVE: Lo han aplazado por el viento. Es la semana que viene.

[sintonía de dibujos animados]

STEVE: ¿Qué te parece?

ALEX: Bien.

ALEX: ¿Qué tal los de Forocohetes? ¿Vais a competir por el nuevo Trofeo Civet?

STEVE: No lo sé. Está todo el mundo…

RONNIE [*a lo lejos*]: Venga ya… Pasas con él un par de días y ahora me vienes con…

STEVE: Pues… Pues hay un montón de miembros nuevos. He leído un artículo que decía que la gente estaba superinteresada por la astronomía y los cohetes gracias a CivSpace.

ALEX: Genial. ¿Carl Sagan está bien? Lo he visto un poco delgado. Cuando salga de aquí, le daré un buen baño, pero mientras tanto ¿podéis darle de…?

RONNIE: ¡Cómo que no te acuerdas! ¡Piensa! ¿Qué les has dicho…?

STEVE: Alex, espera. Creo que es mejor que sigas acostado.

ALEX: Pero están discutiendo. No quiero que discutan.

STEVE: Ni yo tampoco, pero vamos a quedarnos al margen. Tu madre ha…

ALEX: ¿Qué le pasa a mi madre?

STEVE: Ronnie y Terra están intentando localizarla.

ALEX: ¿Está bien?

STEVE: Seguro que…

[cortina]

STEVE: Terra…

TERRA: Quédate con Alex.

[llaves]

ALEX: ¿Terra? ¿Dónde está Ronnie y dónde está nuestra madre? ¿Adónde…?

TERRA: Steve se queda contigo, vuelvo enseguida.

ALEX: ¡Terra, no te vayas! No quiero que te vayas…

TERRA: ¡Ronnie, espera!

ALEX: Pero ¿adónde…?

ALEX: Pero…

STEVE: Eh… voy a parar de grabar.

Nueva grabación 41

5 min 26 s

Hola, chicos. Hoy me han dado de alta en el hospital. Dar de alta quiere decir que me voy a casa, como si el hospital estuviera bajo tierra y ahora me hubieran dejado subir desde ahí. Me imagino que en cuanto entra alguien en el hospital el edificio se hunde un poco en el suelo, por el peso.

Cuando me desperté por la mañana, Ronnie ya estaba aquí. Se había dormido en la silla que hay junto a mi cama, con el traje y la camisa puestos. Me quedé un rato mirando cómo dormía y entonces bostezó y se frotó los ojos, y me preguntó cuánto tiempo llevaba despierto y le dije que unos minutos, y también me preguntó ¿Por qué me miras? y le dije Porque llevo muchísimo tiempo sin verte en persona.

Se sentó derecho y le pregunté ¿Qué pasó ayer? Steve me dijo que Terra y tú estabais buscando a mamá, ¿la habéis encontrado? ¿Está bien? Y Ronnie me dijo que sí, que estaba en un hospital de Belmar y que dentro de un rato iría hasta allí a verla. Le pregunté ¿Por qué está mamá en el hospital, también se ha caído de una escalera?, y me respondió que no estaba herida, que seguía en el hospital porque tenían que hacerle unas pruebas. Le pregunté ¿Qué pruebas? Y me dijo que unas, que no me preocupase, pero le dije que sí que me preocupaba, que de hecho… estaba preocupado por ella.

Ronnie acercó la silla hasta mi cama y olía igual que el vestuario de chicos de mi colegio, y me dijo que le prestara atención y que quería que pensara en una cosa. ¿En qué?, le pregunté y me dijo que tratara de recordar si alguien más sabía que yo había estado solo en casa, aparte de Terra y de los chicos, sobre todo cuando mi madre salía a pasear.

Me puse un dedo en la barbilla y dije Hum, déjame pensar… Y le dije a Ronnie que lo sabían Carl Sagan, Benji y la médico de aquí, la doctora Clemens, y el señor Fogerty y la señora Campos, del colegio, y aquel chico mayor del tren y el señor Bashir, de la gasolinera, y los Russell, de Taos, Nuevo México, y algunos amigos de Forocohetes.org y los seres inteligentes para los que estoy grabando.

Cuando acabé, parecía que Ronnie había visto un fantasma. Dijo que a partir de ahora no le contara a nadie lo de los paseos de nuestra madre, o lo de sus días de relax, o lo de que me quedo solo en casa, y que tampoco dijese nada del FCGAS ni de los desconocidos de internet, y sobre todo que no volviese a quedar nunca con desconocidos. Le dije Ya lo sé, lo siento, y le pregunté por qué no podía hablar de todo eso, ¿Tiene que ver con las pruebas de mamá?, y me dijo No cuentes nada y punto. Tenía que irse, pero los chicos estaban de camino y Terra vendría luego a firmar el alta del hospital.

Cuando llegaron Steve y Zed, me ayudaron a caminar por los pasillos para moverme, como quería la doctora Clemens, y después del paseo vimos juntos la tele en mi habitación, pero no echaban ninguno de los programas que me gustan. Acabamos poniendo un concurso donde los participantes intentaban adivinar las calorías de varios desayunos, y me entró un hambre BRUTAL. Todavía no puedo comer nada sólido, pero sí comidas entre sólidas y líquidas. Puedo comer purés y alimentos blandos, como avena o puré de manzana, pero no puedo pedir nada *à la mode* porque no me dejan tomar productos lácteos.

Durante todo el rato que la tele estuvo puesta, Steve estuvo raro, pero no raro en plan enfadado, sino como cuando conocimos a Terra. No paraba de mirar por la ventana, como si esperase algo, o a alguien, a lo mejor estaba esperando a Terra, y de vez en cuando volvía a mirar el concurso, pero en vez de reírse ponía cara de malas pulgas.

Le dije Oye, Steve, si el concurso te pone triste, podemos poner otra cosa, pero él dijo que no era por eso y yo le pregunté Entonces, ¿por qué es? ¿Has vuelto a discutir con Nathan? Una vez, durante los primeros días de sexto, Benji se burló de mí delante de sus amigos y me eché a llorar, pero en el bus me pidió perdón y fuimos a su casa a jugar a la consola, porque saber perdonar es una gran virtud.

Steve respondió que no pasaba nada y sonrió, pero yo sabía que era una sonrisa fingida. Le dije Steve, sé que estás sonriendo, pero no es una sonrisa sincera, y que estás muy triste porque me estoy poniendo triste yo también, y me dijo que habláramos de otra cosa. Me contó que Zed y él habían bañado a Carl Sagan por la mañana y le pregunté ¿De verdad? ¿Y cómo lo habéis conseguido? Normalmente, no le gusta nada bañarse. Steve dijo que, no sabía por qué, cuando estaba con Zed, Carl Sagan estaba muy tranquilo, y le dije que seguramente fuera porque Zed medita y Carl Sagan nota ese tipo de cosas. Zed dijo que todos podíamos meditar, y Steve contestó Venga, ¿y por qué no?, así que apagamos la tele, Steve se sentó en la silla y Zed en la repisa de la ventana. Yo ya estaba sentado en la cama.

Zed nos dijo que nos dejáramos llevar por nuestros sentimientos, por lo que sentíamos en ese momento, y yo me sentía emocionado porque voy a volver a ver a Carl Sagan, y esperanzado porque espero que las pruebas de mi madre vayan bien, y entonces Steve se levantó y salió al pasillo. Después de meditar, Zed me preguntó qué tal estaba, y le contesté que preocupado por Steve, porque no sabía por qué se comportaba así de repente. Le pregunté a Zed ¿Tú qué sientes?, y me dijo que se sentía como en el centro, y le pregunté ¿En el centro de qué?, y dijo que en el centro del universo, pero le advertí que eso no tenía sentido porque el universo no tiene centro, solo se expande a toda velocidad y en todas las direcciones.

Nueva grabación 42

8 min 19 s

¿Sabéis lo que es la escuci… esquizu… esquizo… frenia?
No sé si lo he pronunciado bien.

Es cuando oyes voces en tu cabeza que solo existen para
ti, y a veces las voces te mandan hacer cosas, y no puedes
distinguir qué es real y qué no. Le he preguntado a Terra si es
como tener un amigo imaginario, porque nunca he tenido
uno, pero cuando estaba en primero algunos niños los tenían. ¿Eran esquizofrénicos? Terra me dijo que no, que cuando los tienen los niños no pasa nada, pero cuando creces los
dejas de lado, y el problema viene cuando te haces mayor y
no eres capaz de distinguir lo que es real de lo que no lo es.

Mi madre está en el hospital porque tiene esquizofrenia,
y una de las voces le dijo que era una buena idea ir andando
desde casa hasta Belmar, que tenía que ir al centro comercial, desnudarse y bañarse en la fuente.

Terra tardó un montón en hablarme sobre mi madre. Le pregunté por ella cuando vino a firmar el alta del hospital y me dijo Te lo cuento luego, así que luego le volví a preguntar, en el coche, y me dijo que esperase hasta llegar a casa, así que volví a insistir y allí sí que me lo contó.

Le pregunté ¿Cuándo podremos ir a verla? La echo de menos y quiero que conozca a mi Terra, y además se me da bien solucionar problemas, así que a lo mejor puedo ayudarla con el suyo. Terra me dijo que estaba segura de que ella también me echa de menos, que los médicos están trabajando mucho y que mi madre ya estaba recuperándose. Dijo que pronto podría ir a verla, me lo prometió, y le dije que no podía esperar, Quiero hacerle su comida favorita y llevársela, para que sepa lo mucho que la quiero.

Carl Sagan se puso contentísimo al verme cuando me dieron el alta. Intentó tirarse encima de mí en cuanto me vio salir y le dije ¡Cuidado, chico! ¡Me han puesto puntos! Le di un abrazo y le rasqué detrás de las orejas y luego volvimos a casa, en el coche de Terra, pero cuando llegamos casi no reconocí el comedor. Había un montón de cajas apiladas contra la pared, igual que en casa de los chicos en Los Ángeles, pero en vez de estar vacías estaban llenas de papeles, y había varios montones encima de la mesa.

Le pregunté Pero ¿qué ha pasado aquí? ¿De dónde han salido todas estas cajas y estos papeles?, y Terra me dijo que los había subido Ronnie del sótano y que ella le estaba ayudando a organizarlos, eran las declaraciones de la renta y los historiales médicos de mi madre y cosas así. Le dije Solo de verlo me da dolor de cabeza, y Terra me dijo que me entendía, que a ella también le daban jaqueca. Le recomendé que se tomara un descanso y saliera a jugar con Carl Sagan y conmigo, pero me dijo que Ronnie quería que me quedara dentro, y que si alguien llamaba por teléfono o a la puerta no contestara ni abriera. Luego te lo explico, me dijo.

Jugué a la pelota con Carl Sagan dentro de casa, y cuando se cansó de recogerla, nos sentamos en el sofá y le pregunté qué le había pasado cuando lo perdimos en el Zelda's. ¿Qué aventuras has vivido en Las Vegas? ¿Cómo era Janine Maplethorn? ¿Hiciste amigos, perros o humanos? Me miró como preguntando ¿Puedo echarme a dormir en tu regazo? y le respondí Vale, chico, pero no te tumbes sobre mi tripa porque me sigue doliendo un poco. Se supone que no me puedo tocar los puntos ni las grapas, aunque me pican UN MONTÓN. Carl Sagan estiró las patas sobre mis piernas y puso la cabeza encima y se quedó medio dormido, y yo le rasqué las orejas y le pedí perdón, Siento mucho haberte abandonado, no lo volveré a hacer nunca, te lo prometo, y además te voy a entrenar para ser perro guía, para que puedas acompañarme siempre, y así durante el resto de tu vida nunca volverás a estar solo.

Después me entró sueño a mí también, últimamente duermo tanto como Carl Sagan. Cuando me desperté aún hacía sol y el día estaba precioso, pero dentro de casa todo estaba oscuro y en silencio, y Carl Sagan ya no estaba en mi regazo. Lo llamé, ¿Carl Sagan? ¿Dónde estás, chico?, y no oí su respuesta, pero sí unas voces apagadas, y miré por la ventana del salón y vi a Terra y a Steve hablando delante de casa.

Zed entró en el salón con Carl Sagan en brazos, y se sentaron a mi lado en el sofá, y le pregunté a Zed ¿De qué hablan Steve y Terra?, ¿por qué parecen los dos tan tristes? Zed miró por la ventana y nos quedamos un rato viéndolos hablar, y Zed me dijo que estaban enfrascados en una conversación pendiente.

¿Qué quieres decir?, le pregunté. ¿Llevan mucho rato ahí fuera? Y Zed me dijo que estaban hablando de un tema que hacía tiempo que tenían que aclarar.

Luego me contó que Steve había roto con su novia la mañana que nos fuimos de Los Ángeles, antes del follón aquel. Ahí va… ¿Y por qué lo hizo? Zed me dijo que él le había preguntado lo mismo, y Steve le había dicho que fue por conocernos a mí y a Terra, que nuestro viaje al FCGAS y a Las Vegas le había hecho darse cuenta de que su relación era horrible, y que ya no quería seguir así.

Le pregunté Pero ¿Steve rompió con su novia y ENTONCES le compró las flores a Terra?

Y Zed me dijo Exacto, y le pregunté ¿Fue el sacrificio de Steve?, porque Terra me dijo que el amor de verdad era como un sacrificio, pero uno bueno, que dabas una parte de ti a cambio de algo más grande. ¿Steve dejó a su novia porque quiere a Terra?

Zed me miró a mí y luego los miró a ellos a través de la ventana, y dijo Steve se está sacrificando ahora mismo. Dijo que le estaba confesando a Terra lo que sentía de verdad por ella, y que sabía que era posible que ella no le correspondiera.

También yo miré por la ventana y le dije a Zed Le está diciendo la verdad, y Zed dijo Ella a él también. Yo no sabía lo que se estaban diciendo porque no sé leer los labios, pero parecía que los dos intentaban ser valientes.

Me dieron ganas de salir a grabároslo, chicos, quería grabar por fin a un hombre enamorado. Pero Zed me dijo que me quedase dentro. ¿Por qué? Zed, ¿por qué? Sé que Ronnie no quiere que salga y quiere que finja que no estoy en casa si alguien viene o llama, pero nadie me dice por qué, y llevo todo este tiempo buscando a un hombre enamorado para grabarlo, ¡y ahora lo tengo ahí delante y es mi oportunidad y tú tampoco quieres que salga!

Zed me dijo Ya lo has grabado.

Le dije No, claro que no, he grabado a Steve hablando con su novia por teléfono, pero eso no me vale. Y Zed repitió Ya lo has grabado, solo que no es lo que tú creías, es mejor. Le dije ¡No tiene sentido, Zed! ¿No has escuchado lo que te he dicho? Zed se quedó muy callado y yo volví a mirar por la ventana y vi a Steve y a Terra abrazados, pero seguían pareciendo tristes. Supongo que las cosas no funcionaron.

Steve se empezó a alejar calle abajo, y Terra entró llorando y se metió en mi cuarto y cerró la puerta. Hasta Zed parecía triste. Le pregunté ¿Y tú por qué estás triste? Me estoy poniendo triste yo también, y me abrazó. Le pregunté ¿Crees que habrá seres inteligentes por el cosmos que no sientan tristeza?, y me dijo que no lo sabía, y cuando habló, le temblaba la voz, se lo noté en el pecho.

Y me pregunté… ¿Vosotros os ponéis tristes?

A lo mejor habéis descubierto la manera de evitarlo, o quizá, en vez de tristeza, tenéis otra cosa.

Quizá vuestra tristeza es nuestra alegría, y cuando estáis tristes, sonreís y os reís y os quedáis a gusto, como cuando parece que las ballenas lloran, pero en realidad no están llorando, es el sonido que hacen, incluso cuando se lo pasan bien.

O a lo mejor estáis siempre tristes, tenéis tres corazones y un pulmón y los corazones os laten gracias a la tristeza, y el pulmón respira gracias a ella. La tristeza os mantiene con vida.

Le conté mis ideas a Zed y se puso a llorar, y yo también, pero no solo porque estuviera triste, había algo más. Me quedé dormido otra vez y al despertarme estaba aquí, en mi cama.

Nueva grabación 43

8 min 46 s

Hoy está todo el mundo rarísimo. ¡Nadie me habla!

Esta mañana le pregunté a Ronnie si podía ir a ver a nuestra madre y me dijo que no, y me enfadé: ¿Por qué no? Tú la viste ayer, ¿por qué no puedo ir yo hoy? Terra me dijo que podría verla pronto, y ya es pronto; si esperamos, ya será tarde. Ronnie me dijo que no quería hablar del tema, y le pregunté ¿Cómo vamos a ayudarla con la esquizofrenia si ni siquiera hablamos? Y Terra me dijo Vamos a dejar que Ronnie se marche a trabajar.

Le dije Ya sé que los médicos la están ayudando a recuperarse, y que le han puesto medicación, porque me lo has contado, pero yo también quiero ayudar. Seguro que hay cosas sobre ella que los médicos no saben, porque nadie se las ha contado. Terra me dijo que lo sentía, que todos se estaban esforzando mucho, y le dije ¡Pues está claro que no es suficiente! Ronnie me mandó callar, necesitaba concentración.

No es solo que Ronnie y Terra no me cuentan nada, es que todos estaban de mal humor, y encima hacía mal tiempo. El día estaba gris, todo nublado, y cada vez que Steve hablaba con Terra no se decían más que dos palabras, y uno de los dos o los dos fruncían el ceño, y se me quitaron las ganas de estar cerca de ellos.

Creo que Zed se sentía exactamente igual porque me pidió mi ordenador, quería escribir algunas ideas que tuvo anoche, y se quedó horas tecleando en mi habitación. ¡Ni siquiera cenó! Pedimos pizza para todos y un batido de plátano para mí porque sigo a dieta, y cuando llegó la comida fui a mi cuarto y le dije Zed, ¿ahora también haces voto de ayuno? Pero no me oyó, estaba muy ocupado con el teclado.

Fue imposible cenar en el comedor porque encima de la mesa seguía habiendo un montón de papeles y el portátil de Ronnie y más cosas; él se pasó todo el día metido en la página del Estado de Colorado y llamando por teléfono. Así que cenamos en la cocina, de pie, en círculo ante las cajas de pizza, que estaban en la encimera. Todo el mundo estaba callado y nadie comía, y dije Ya sé por qué no come Steve, pero ¿y los demás? Terra dijo que era porque aún había muchas preguntas pendientes. Pues habrá que hacerlas, le dije, las decimos en voz alta y nos quedamos tranquilos. Pero me dijo que si eran preguntas pendientes era porque aún no tenían respuesta.

Una de ellas, dijo Terra, era que nos salía carísimo tener a mi madre ingresada, además de lo que había costado mi estancia en urgencias, y nuestro seguro no lo cubría todo. Le dije que eso era una afirmación, no una pregunta, y dijo que la pregunta era ¿Cómo vamos a pagarlo todo? Le pedí perdón a Terra por ser tan caro, y le dije Te prometo que haré horas extras en la gasolinera del señor Bashir y ahorraré para pagar los gastos médicos, los míos y los de mi madre, y Ronnie nos pidió que no hablásemos más del tema y le solté ¡Nunca quieres hablar de nada! ¡Antes no querías hablar nunca de nuestro padre, y ahora no quieres hablar tampoco de nuestra madre! Ronnie volvió al comedor y Steve y Terra se pusieron tristes, y todos se quedaron un buen rato callados. Zed seguía en mi cuarto, tecleando.

Al final Terra habló: Vamos a ver *Contact*, que no conseguimos acabarla y quiero ver el resto, y me pareció una buena idea, era mejor que estar todos con la cara larga y enfadados. Metimos la pizza que había sobrado en la nevera y puse *Contact*.

Saltamos a la parte donde la doctora Arroway está en la sala de reuniones, cuando el gobierno ya le ha dado permiso para pasar tiempo en el observatorio, en el VLA, y solamente le hace falta el dinero y el hombre del banco le dice Cuente con esos fondos. Cuando llegamos a esa parte, paré la peli porque tenía que ir al baño, ¡y fue entonces cuando evacué por primera vez! Olía a gato muerto, APESTABA.

Cuando volví del baño me encontré a todo el mundo haciendo corro alrededor de la mesa, incluido Zed, y Ronnie decía No va a funcionar, nadie va a querer hacerlo. ¿Hacer qué?, pregunté, y Terra me dijo que a Steve acababa de ocurrírsele una idea genial para pagar parte de los costes del hospital.

La idea era que debíamos contarles a los de Forocohetes lo que había pasado, y pedirles que nos ayudaran con donaciones. Dijo No sé si funcionará, pero el foro entero adora a Alex, y si cada uno pone diez o veinte pavos las cosas serán mucho más fáciles. Le dije Ah, es como encontrar un patrocinador para mí, no para un cohete, y Steve me dijo Justo eso. Le pregunté ¿Y si me patrocinan tendré que tatuarme sus logos en el cuerpo?, y Zed se rio y Terra me dijo que si no quería no hacía falta, y le dije Qué alivio.

Ronnie dijo que no necesitábamos ayuda de nadie, que ya se le ocurriría la manera de pagarlo todo sin tener que pedir nada, y Terra dijo Vamos a intentarlo, no tenemos nada que perder. Le dio la razón a Steve y le dijo a Ronnie que tenía cosas más importantes en las que centrarse, y Steve sonrió muy poquito, pero luego volvió a arrugar la cara, y yo pregunté ¿En qué cosas? ¿En mi madre?, y Ronnie dijo que seguía pensando que no iba a funcionar. Pero a Steve y a Zed les parecía una idea genial, y a mí me parecía bastante buena, así que Ronnie acabó por decir Vale, pero no nos hagamos falsas esperanzas. Yo pensaba igual, teníamos que ir con cuidado.

Steve dijo que se iba a poner a escribir un texto, se sentó delante de mi ordenador y empezó a teclear, y Ronnie volvió a coger su portátil y el resto terminamos de ver *Contact*. Cuando acabó, Terra comentó que era buenísima, que animaba mucho ver a una mujer inteligente de protagonista. Zed dijo que una de las cosas que le encantaban de *Contact* y de *Cosmos* era que mostraban que la ciencia puede ser muy espiritual. Dijo que un escritor que le encanta dijo una vez que la mayoría de las religiones se basaron al principio en la ciencia, la ciencia más avanzada de cada época, y le dije Pues da que pensar. Íbamos a poner el contenido extra del Blu-ray cuando Steve salió de mi cuarto diciendo que ya tenía el texto escrito.

Era LARGUÍSIMO, chicos. Hablaba de mí, del iPod de Oro, de todo lo que nos había pasado desde el FCGAS, pero no mencionaba las discusiones porque Forocohetes es un foro familiar. Steve me preguntó si podía sacarnos una foto a Terra y a mí, y a mis cicatrices, para que nadie se pensara que nos lo habíamos inventado, porque a veces la gente no se cree lo que lee en internet. También dijo que sería estupendo si pudiéramos subir alguna de mis grabaciones para compartirlas, sobre todo las del FCGAS, las de después de Las Vegas no, y Terra dijo que a ella también le parecía una idea estupenda.

Cuando estuvo todo subido, Steve configuró la página para que todos pudieran donar, y cuando acabó, nos la enseñó y hasta tenía una barrita que mostraba el porcentaje acumulado hasta llegar al objetivo. Terra y yo volvimos a leerlo todo para estar seguros de que no había faltas de ortografía, luego Ronnie hizo lo mismo y le dijo a Steve que quitara la parte de la escalera, que mencionara solo que había tenido un accidente. Le pregunté por qué y me dijo que eso era un tema familiar, y le pregunté ¿Tiene algo que ver con nuestra madre?, y Ronnie repitió que mejor dejáramos el tema.

Le dije a Terra que me alegraba de hacer algo para responder a la pregunta pendiente sobre cómo pagar todos los gastos, Pero ¿qué pasa con las demás preguntas pendientes? Yo también tengo algunas como ¿Cuándo podré ver a mi madre? ¿Qué programas le ponen en el hospital? ¿Por qué Ronnie no quiere que la vea? ¿Por qué nadie quiere hablar de nada? ¡Por qué no me contáis la verdad! Terra volvió a fruncir el ceño, y volvió a quedarse callada, OTRA VEZ.

No sé por qué todos se comportan así. Ojalá ya hubiera cumplido los dieciséis, así podría conducir e ir yo solo a ver a mi madre, no haría falta que me llevasen ni Terra ni Ronnie. A lo mejor Steve tenía razón cuando me dijo aquello en Los Ángeles… Nadie me dice la verdad porque soy un niño.

Y entonces, ¿qué hago?

¿Qué hacéis vosotros?

¿Por qué NADIE contesta a mis preguntas?

Nueva grabación 44

39 s

TERRA: Alex, mira, estoy grabando.

TERRA: ¿No quieres decirles nada?

TERRA: ¿No quieres contarles tus planes con el *Voyager 4*?

TERRA: Háblales de todo lo que nos han apoyado los de Forocohetes. Aunque solo sea eso. ¡Ya hemos reunido un tercio del dinero! Alex, lo están haciendo por ti, ¿no estás emocionado?

TERRA: Alex, no puedes quedarte callado.

TERRA: Sé que quieres ver a tu madre. Que la echas de menos.

TERRA: Pero ahora no… no está preparada.

TERRA: Te llevaremos a verla, pero ahora no. Necesita tiempo para curarse.

TERRA: Alex…

Nueva grabación 45

2 min 18 s

Alex sigue sin hablar. Se ha encerrado con llave en el cuarto de su madre. Se ha pasado ahí casi todo el día.

Esta mañana, en el desayuno, no paraba de llorar y preguntar por ella, incluso más que antes. No se le iba de la cabeza. Pasó de preguntar a exigir, en plan Quiero verla YA.

Ya no está en la UVI, y eso es buena señal. Pero Ronnie ha dicho que aún no es ella. ¿Cómo vamos a dejar que Alex la vea en ese estado?

He tratado de razonar con él, pero se ha tapado las orejas y ha seguido gritando ¡Ya, ya, ya!, quiere verla *ya*. Ha dejado de llorar, pero esto… en cierto modo es peor. Los chicos y yo hemos intentado que juegue con Carl Sagan, con sus cohetes, con todo, le he pedido que me cuente más cosas de su teseracto, pero tampoco muestra interés. Ronnie es muy tajante con respecto a lo de dejarlo salir por el lío que han tenido con Protección al Menor, o Servicios Sociales, o comoquiera que lo llamen aquí en Colorado. No podemos arriesgarnos a que se presenten, lo vean y se lo lleven. A que lo metan en un hogar de acogida.

Aun así, nada de lo que hemos hecho ha servido. Seguramente a él le parecerá un arresto domiciliario...

He vuelto a llamar a Donna..., a mi madre. Le he contado lo que ha ocurrido, lo de Ronnie y su madre, lo de Protección al Menor, lo de que Alex se niega a salir de la habitación. Se lo he contado todo, incluso lo que pasó con Steve en Los Ángeles. Y le he dicho que quizá haya sido un error no ir de cara con Alex desde el principio, porque sé el valor que le da a la sinceridad, a la verdad. Sé lo mucho que quiere a su madre. Y quiero que la vea, de verdad, pero tengo miedo de que... Es decir... Quiero protegerlo de algunas cosas. Queremos, Ronnie y yo. Hay cosas que no queremos que aprenda por las malas.

El caso es que yo no paraba de hablar y hablar y Donna estaba más bien callada. Le pregunté qué opinaba de todo esto y tardó un momento en responder. Y, de repente, sin venir a cuento, me dijo que se sentía orgullosa de mí.

¿Cómo que orgullosa de mí?, y respondió Sí, orgullosa de ti por quedarte junto a Alex y por protegerlo. Entonces, ¿por qué tengo la sensación de que no hago más que fallarle?

Y me dijo, y no paro de darle vueltas a la frase... Me dijo Porque le quieres.

Porque le...

Nueva grabación 46

29 min 18 s

RONNIE: ¿Qué has dicho?

[tráfico]

ALEX: Estoy grabando, ¿vale?

RONNIE: Vale, sí.

ALEX: Hola, chicos. Estamos volviendo a casa por la autopista. Ayer por la noche Ronnie me dijo que me iba a llevar a ver a nuestra madre mañana, es decir hoy, y acabamos de estar con ella. Quería que Terra viniese con nosotros, pero ella misma me dijo que debíamos ir solo Ronnie y yo, que ella ya la conocería otro día.

¿Allí tenéis hospitales? ¿Tenéis distintos tipos de hospitales para las distintas enfermedades? Pensaba que el hospital de Belmar donde está mi madre iba a ser como el otro en el que estuve yo cuando me caí de la escalera, pero no. Este era un centro de salud mental.

Al llegar, la señora de recepción nos dijo que esperáramos, que iba a venir un paramédico para avisarnos cuando mi madre estuviera lista. Le pregunté ¿Qué es un paramédico? ¿Un médico que para cosas, como un portero que para balones? Me dijo que los paramédicos formaban parte del personal del hospital, pero no eran ni enfermeros ni médicos.

Mientras esperábamos, a Ronnie lo llamó su cliente potencial y salió a hablar con él, y yo quería ver qué cosas había en un centro de salud mental, así que me recorrí uno de los pasillos, y era parecido a los de mi colegio, pero sin taquillas. Vi a algunos pacientes e iban vestidos de manera normal, sin batas de hospital, pero se veía que eran pacientes porque llevaban pulseritas de plástico con su nombre, como la que me habían puesto a mí cuando me ingresaron. Había un cuarto que se llamaba sala de día y dentro había pacientes viendo la tele, y había otra sala de día con mesas redondas y gente sentada coloreando, igual que yo cuando iba a la guardería, así que pensé que a lo mejor cuando a la gente la ingresan en un centro de salud mental es como si empezaran de cero, como si acabaran de nacer y tuvieran que aprender a comportarse como adultos.

Aparte de esas dos salas, había otras. Algunas tenían dos camas y fotos en las paredes, había otra que tenía solo una cama y las paredes vacías, como en *Frankenstein*, y entonces vino un hombre con un sujetapapeles y me preguntó si me había perdido, y le respondí No, estoy echando un vistazo porque mi hermano ha salido a hablar por teléfono y estamos esperando para ver a mi madre, ¿es usted paramédico? Me dijo que sí, y que debía esperar en la recepción y me llevó hasta allí, y Ronnie se cabreó conmigo...

RONNIE: Pensaba que te habías perdido, ¿vale? No puedes largarte por ahí sin decirme nada.

ALEX: Ya lo sé, Ronnie. Perdóname. Tenía curiosidad...

RONNIE: Intentemos que no se repita.

ALEX: Vale...

ALEX: Ronnie, ¿la habitación de mamá es como la que he visto antes, tipo *Frankenstein*? Seguro que curan a la gente con rayos y...

RONNIE: No, eso ya no se hace.

ALEX: Bueno, la próxima vez podemos subir a su habitación, no verla en la cafetería, y traerle algunas cosas, sus zapatillas y una almohada, porque las que tienen aquí parecen muy duras. Y fotos para que las cuelgue en la pared, así parecerá que está en casa.

RONNIE: Eso lo dejamos para...

ALEX: ¡Pero echará de menos sus cosas!

RONNIE: Oye, ya has visto cómo estaba. En todo caso, cuando vuelva en sí...

ALEX: ¿Qué quieres decir? ¿Cuando vuelva en sí? No se ha SALIDO de sí, solo tiene el problema de la esquizofrenia, y si le traemos sus cosas la ayudaremos a curarse.

RONNIE: La cosa no funciona así, colega.

ALEX: ¿Y cómo funciona?

[tráfico]

ALEX: Ronnie se refiere a lo que pasó antes, cuando la vimos. Después de esperar en recepción nos dijeron que podíamos pasar a la cafetería, y allí fuimos, y a nuestra madre la trajo un paramédico, un hombre enorme, ALTÍSIMO, y se quedó apoyado en la pared mientras hablábamos. Ronnie le preguntó a nuestra madre ¿Qué tal estás? y ella lo miró con los ojos como platos, y luego a mí con los ojos como platos, y me dieron ganas de cogerle la mano y arreglarle el pelo, pero no quería que la tocara. Así que le dije Te quiero. Ojalá te mejores.

Mi madre estaba en uno de sus días de relax. A lo mejor esta vez tenía una voz en la cabeza diciéndole que no hablara, o una de las voces no se callaba y no le dejaba prestarnos atención.

Al final sí que habló. Dijo No me vais a sacar nada, vosotros no sois mis hijos. Me pareció muy raro, pensé ¡Qué más pruebas necesitas! ¡Aquí estamos! Intenté convencerla de que era yo, y le dije algo que solo yo sabía, le pregunté ¿Te acuerdas de aquella vez que me recogiste del coro, después de clase, cuando estaba en tercero, y yo era el único soprano porque tengo la voz muy aguda, y cuando volvíamos a casa me dieron muchas ganas de hacer caca y me intenté aguantar y me retorcí y me puse de rodillas en el asiento porque así se me quitaban las ganas, pero luego no me aguanté y me hice caca en los pantalones justo antes de llegar a casa y me puse a llorar y me limpiaste y me diste un beso y me dijiste que no me avergonzara, porque a los adultos a veces también les pasa, y que es muy raro porque cuando la tenemos dentro la caca no nos da asco, pero en cuanto sale sí?

Pensé que al oír la historia se creería de una vez que yo era yo. Pero cuando acabé me dijo Tú no eres Alex, eres un extraterrestre, me has robado los recuerdos y los estás usando en mi contra. Y le respondí No soy un alien, CREO que no, y además no tiene sentido que los alienígenas vengan a robarnos los recuerdos, porque ni siquiera hemos encontrado vida inteligente fuera del…

RONNIE: Alex, date cuenta… Da igual lo que le digamos. No nos va a creer. No en este estado.

ALEX: Pero tuvo algunas ideas interesantes. Cuando le dijo al paramédico enorme que solo fingíamos ser sus hijos y en realidad éramos árboles alienígenas. ¡En la vida había oído eso! Aunque mi héroe creía que todas las criaturas vivas provienen de las estrellas, así que en cierto modo sí que somos árboles, y los árboles son nosotros, aunque seguro que...

RONNIE: Alex, mamá no está bien.

ALEX: Pero tiene razón.

RONNIE: Lo que digo es que, aunque esas ideas te parezcan interesantes, en ella no son normales. De eso sí que te has dado cuenta, ¿verdad? Está fuera de sí. ¿Te acuerdas de cuando se iba de compras? Yo volvía de clase y me encontraba bolsos llenos de joyas y de cafeteras, bolsos de Louis Vuitton. Aquella vez que estabas jugando a la Xbox...

ALEX: Me encantaba esa Xbox.

RONNIE: Ya, ya lo sé. Y me dio pena que no te la pudieras quedar. Lo que digo es que, tal y como está ahora... Está diez veces peor que aquella vez.

ALEX: A lo mejor la medicación de aquí no le hace efecto.

RONNIE: Ya oíste al doctor Hewitt. Están probando distintos tratamientos, intentando buscar una combinación que funcione. Se tarda bastante.

ALEX: Pero ¿por qué no pueden hacerlo en casa?

RONNIE: ¿A qué te refieres?

ALEX: Has dicho que van a tardar en encontrar una combinación que funcione, ¿por qué no puede vivir en casa mientras la prueban? ¿No se puede llevar la medicación a casa?

RONNIE: Necesitan que esté en un sitio donde la puedan vigilar. Donde alguien pueda cuidarla las veinticuatro horas.

ALEX: Eso puedo hacerlo yo. Puedo vigilarla y cuidarla las veinticuatro horas. Me beberé las latas de OXLI de Steve y me quedaré despierto, así podré hacerlo.

RONNIE: Lo siento, Alex, no puedes. Es imposible.

ALEX: ¡Podría funcionar! ¡Además, en la cafetería no tienen la comida que le gusta!

RONNIE: ¿Y si pasan dos meses y ella no mejora? ¿No se te ha ocurrido pensarlo? Pronto tendrás clase.

ALEX: Puedo estudiar desde casa. Benji me contó que los padres de Biranna Fischer la van a educar en casa en cuanto acabe octavo...

RONNIE: No es tan sencillo. Y hay trabas legales...

ALEX: ¿Por qué no paráis de repetir eso Terra y tú? Soy capaz de entender cosas complicadas. Construí un cohete yo solo y fui a Nuevo México, eso también puedo hacerlo. ¿Te crees que no?

RONNIE: Mira, no es que crea que no...

[derrape]

RONNIE: HIJO DE...

[bocinazos]

RONNIE: ¡EL INTERMITENTE!

RONNIE: La gente...

ALEX: Ojalá papá estuviera aquí.

RONNIE: Créeme, es mejor que no esté.

ALEX: Mamá estaría más contenta.

RONNIE: No sabes nada de papá.

ALEX: Algunas cosas, sí. Sé que era ingeniero civil, y que tenía…

RONNIE: No lo sabes todo.

ALEX: ¡Porque nunca me lo has contado! ¿Por qué no quieres hablar nunca de él? Mamá siempre decía que en el fondo era bueno. Que nos quería mucho y que…

RONNIE: Mamá hacía bien en protegerte. Y era incapaz de verlo con malos ojos.

ALEX: ¿Por la esquizofre…?

RONNIE: No podía verlo como realmente era.

ALEX: ¿Cómo era?

ALEX: Ronnie…

ALEX: ¿Cómo era? Terra me dijo que le tiraba la pelota con muchísima fuerza. Que le rascaba la cara con la barba.

RONNIE: Terra no pasó tanto tiempo con él como mamá y yo. No vio lo que yo vi. Solo vio la superficie, la piel. En el fondo, era un egoísta, y era violento.

ALEX: ¿Le pegó en la cabeza a mamá con un palo de hockey, como el padre de Benji le hizo a su madre?

RONNIE: ¿Qué? No, el padre de Benji… ¿Qué?

ALEX: Por eso se divorciaron.

RONNIE: No lo sabía.

ALEX: Entonces papá…

RONNIE: Nunca llegó a pegarle, al menos que yo sepa.

RONNIE: Y a mí tampoco, pero una vez estuvo a punto… Cuando mamá estaba embarazada de ti. Me escapé de casa tres días… Bueno, en realidad me escondí en el sótano de Justin Mendoza tres días. Justin me pasaba comida para desayunar y cenar, pero una mañana, mientras estaba en clase, su madre bajó a poner la lavadora y me encontró.

ALEX: Pero… ¿por qué te escapaste?

RONNIE: En realidad no me acuerdo. Seguro que por una chorrada. Pero a veces no aguantaba tenerlos a los dos bajo el mismo techo. Tío, papá se puso hecho una furia. Denunciaron mi desaparición y todo. Me empezó a gritar y a desabrocharse el cinturón, mamá intentó protegerme y él no paraba de gritarle que se apartara. Yo le decía Venga, hazlo. Pégame. Pégame y llamo a la poli. Me escaparé, te lo juro. Al final me castigó en mi cuarto. Y tuve suerte, porque así no me tuvo que pedir perdón.

RONNIE: A ver, aunque nunca nos zurrara, era violento de otra manera. Mamá se llevaba la peor parte. Siempre que discutían él le decía que era por su culpa, que ya no era tan guapa ni tan delgada como antes…

ALEX: Pero…

RONNIE: Lo echó de casa varias veces, pero él se las arreglaba para volver. Mamá lo amenazaba con dejarle, pero él le pedía perdón, le prometía que no volvería a hacerlo. Igual que en la tele. Piensas que, tras haber visto repetida la misma escena, serás capaz de reconocerla, pero no, es justo al revés. Acabas acostumbrándote a esos papeles. Era un maltratador, Alex. Un maltratador de verdad.

ALEX: Pero… Se conocieron en el banco de mamá ¡y la invitó a cenar! Subieron a la cima del monte Sam y se besaron y miraron las estrellas y se enamo…

RONNIE: Se conocieron en un bar.

ALEX: ¿Qué?

RONNIE: Mamá no empezó a trabajar en el banco hasta mucho tiempo después. Y nunca subieron a la cima del monte Sam. Me acuerdo porque una vez me llevó hasta allí en tranvía y me dijo que era la primera vez que iba a ese lugar. Se conocieron en un bar.

ALEX: No es verdad…

RONNIE: Es lo que pasó. Alex, siento que no fuera en el monte Sam. Pero es lo que pasó.

ALEX: Pero…

RONNIE: A eso me refiero, ¿ves? Mamá siempre intentó pintártelo de manera romántica. Se inventó la historia porque… porque no quería admitir que le habían pasado todas esas cosas. Tendría que haberme dado cuenta de que nunca fue en serio con eso de dejarlo. Es imposible que lo hubiera superado, lo del divorcio, y él lo sabía. Se aprovechó…

RONNIE: ¿Estás llorando?

ALEX: No…

[sollozo]

RONNIE: Colega, siento que te enteres así…

RONNIE: Pero si quieres que te diga la verdad, papá no le fue fiel a mamá. La engañaba. Era un maltratador y la engañaba. Y todo esto empezó mucho antes de que tú nacieras. No habrías podido…

ALEX: Me alegro de que no se divorciaran…

RONNIE: De que no se…

ALEX: Si lo hubieran hecho, yo no existiría.

RONNIE: …

[sollozo]

ALEX: ¿Por eso somos familia de Terra?

RONNIE: Papá viajaba mucho, por temas de trabajo. No sé si mamá te lo ha contado alguna vez, pero sí, viajaba mucho. No hacía más que marcharse a supervisar obras. Seguramente conoció a la madre de Terra en un viaje a Las Vegas y…

ALEX: ¿Y qué?

RONNIE: Y la dejó embarazada. Terra y yo hemos averiguado por qué figuraba su nombre en el registro civil. Su madre ha dicho que se casaron, pero que declararon nulo el matrimonio en cuanto pudieron.

ALEX: ¿Qué es declarar…?

RONNIE: Lo anularon. Porque ya estaba casado con mamá. No sé en qué estaría pensando cuando lo…

ALEX: Entonces, ¿podríamos tener más hermanastras o hermanastros?

RONNIE: ¿Más? Colega, no me voy a poner a darle vueltas a eso…

RONNIE: Lo que digo… es que me acuerdo de cómo era, de cómo se comportaba con todos. Todo el mundo lo quería. En las fiestas siempre estaba rodeado de gente. Desde fuera parecía el marido perfecto, el padre perfecto, y yo lo tenía cruzado por eso. Es como si la gente no supiera nada. No tenían ni idea de cómo era en realidad.

RONNIE: Una vez, me acuerdo, me llevó al Safeway… cuando vinieron el lolo y la lola desde Filipinas. Mamá se quedó sin leche, o sin piñas, o sin yo qué sé, y yo fui con él a comprar. Tendría más o menos tu edad… diez, once años. O un poco menos. Fui hasta el pasillo de los cereales, a por una caja, y cuando volví lo encontré hablando con una chica. Una chica muy joven, sería universitaria. Era rubia, con mechas, y se reía de todo lo que él le decía. Me acuerdo… Me acuerdo de que papá le hablaba de cierta manera, y de que en el fondo yo sabía que aquello no estaba bien. Había puesto la misma voz que usaba a veces con mamá en los buenos tiempos. Cuando todo iba bien. La chica me vio e intentó saludarme, pero no supe qué responderle. Apestaba a colonia de fresa o algo así… A día de hoy sigo sin aguantar ese olor. Se rio, apuntó su número en un papel y papá se lo guardó en la cartera, y luego se fue. Papá se había quedado con cara de bobo, me dijo Mira por dónde, hemos hecho una amiga. Me dijo que sería nuestro secreto, y de camino a casa me compró un helado.

[clic del intermitente]

[neumáticos, gravilla]

ALEX: ¿Por qué paramos?

[motor]

[tráfico]

RONNIE: ¿Quieres saber lo peor?

RONNIE: Ese día, durante la cena, mamá estaba contentísima, habían venido el lolo y la lola. Todos charlaban y se reían. Se lo estaban pasando en grande. Creo que fue una de las mejores cenas familiares de mi vida, y de repente, en medio de todo… recuerdo… que papá me miró y me guiñó un ojo.

RONNIE: No le importaba nada más que sí mismo, Alex. En ese momento lo supe. Quizá no de forma consciente, pero lo supe. Y quise… no sé, hacer ALGO. Echárselo en cara.

RONNIE: No me lo puedo creer…

ALEX: ¿Qué pasa?

RONNIE: Nunca le había contado esto a nadie.

ALEX: ¿Ni a Lauren?

RONNIE: Ni a Lauren.

ALEX: Pero es tu novia, se supone que se lo tienes que contar todo.

RONNIE: No tengo por qué meterla en esto.

ALEX: ¿Por eso no la traías nunca en Navidades ni en Acción de Gracias?

RONNIE: No, no, es que…

ALEX: ¿No quieres que la conozca?

RONNIE: No es eso. Por supuesto que quiero que os conozcáis. No paro de hablarle de ti.

ALEX: ¿De verdad?

RONNIE: De verdad de la buena. Le cuento lo inteligente que eres y la imaginación que tienes. Lo mucho que te interesan la ciencia y la astronomía. Que cocinas tú solo tu propia comida y la de mamá.

RONNIE: Ya te la presentaré.

RONNIE: Es que… A veces lo odio, en serio. Por lo que le hizo a mamá, por cómo la hacía sentirse. Y porque me hizo odiarla *a ella* por no dejarlo a pesar de todo lo que le hacía. Le decía ¡Cómo dejas que te haga eso! ¡Cómo puedes seguir con él!

RONNIE: Quería que se muriese. Lo deseé una vez, en mi cumpleaños, soplando las velas. Pensaba que si se moría podríamos salir adelante. Que, cuando se marchara de una vez, seríamos libres. Que podríamos llevar una vida normal.

RONNIE: Pero una vez sonó el teléfono y cuando lo cogí su jefe me dijo que había habido un accidente…

RONNIE: No esperaba sentirme como me sentí. Un escalofrío me recorrió de arriba abajo, igual que cuando me llamó Terra para decirme que estabas en el hospital. La cuestión es… que me dio pena. No me lo creía, no podía sentirme así. Me dio miedo que, después de todo, siguiera…

ALEX: Siguieras queriéndolo.

RONNIE: Siguiera queriéndolo…

RONNIE: Tuve que contárselo a mamá, ¿sabes?, y… mamá no estaba bien. No estaba tan mal como ahora, pero no estaba bien. No paraba de repetir que lo necesitaba, que necesitaba que la protegiera de la gente mala. Se puso histérica, creo que la afectó demasiado. Ni me imaginaba que pudiese ser…

ALEX: ¿Que pudiese ser esquizofrénica?

RONNIE: Que pudiese ser esquizofrénica.

RONNIE: Con el tiempo mejoró, pero nunca volvió a ser la misma. Guardó una cajita con las cenizas en su cuarto. Le dije que las tirara, que quitara sus fotos porque no hacían más que torturarla, pero nunca quiso deshacerse de ellas. Nos peleábamos siempre por eso. Es como si *no quisiera* recuperarse.

RONNIE: Una noche se quedó dormida en tu cama… Fue a leerte un cuento y se quedó dormida a tu lado, y yo estaba despierto y, de repente, me vino un impulso. Fui a su habitación, cogí la urna con las cenizas, me la puse bajo el brazo, porque pesaba un montón, me monté en la bici y empecé a pedalear sin rumbo fijo. Lo único que tenía claro era que había que sacar esa urna de casa. Bajé por la colina y no paré hasta que llegué a una obra. Ahora allí hay casas, es donde está Mill Road, pero por aquel entonces no era más que un solar. Fui hasta el centro de las obras y tiré las cenizas al suelo, les di patadas y las hice desaparecer.

RONNIE: Al día siguiente quería que mamá dijese algo, pero nunca lo hizo. Nunca sacó el tema, y nunca le pregunté por qué…

RONNIE: Mira, sé que murió por accidente. Estoy seguro. Pero parece que lo hubiera hecho a propósito, ¿sabes? Que nos hubiera dejado adrede. Nos volvió dependientes, volvió dependiente a mamá y de repente se fue.

ALEX: Tú también, Ronnie. Te fuiste a California.

RONNIE: Me…

ALEX: Y el padre de Benji lo abandonó a él, a su madre y a su hermana. Y yo abandoné a Carl Sagan, sin querer, y ahora hemos dejado a mamá en el centro de salud mental.

RONNIE: No la hemos dej… Es distinto. Esto es temporal.

RONNIE: Puede... Puede que el padre de Benji se fuera porque sabía que si se quedaba volvería a hacerles daño a él y a su madre. Puede ser por eso. A lo mejor no confiaba en sí mismo.

ALEX: ¿Tuvo que sacrificarse?

RONNIE: Exacto. Tuvo que hacer lo mejor para su familia, aunque no pudiera volver a verlos más. Aunque le doliera no volver a estar con ellos. Tuvo que apechugar, apechugar *de verdad* con lo que había hecho. En eso consiste ser adulto.

ALEX: Entonces, cuando queremos a alguien de verdad, ¿hay que renunciar a estar con esa persona?

RONNIE: No, siempre no. Normalmente no. Pero a veces... a veces es la única manera. A veces, cuando quieres a alguien de verdad, tienes que alejarte de esa persona, porque es mejor hacer eso que quedarte.

ALEX: Igual que lo de ir a Marte.

RONNIE: ¿Qué?

ALEX: La Tierra se muere por todo lo que le hemos hecho, ¿verdad? Por lo que hemos hecho los humanos. Y seguimos destruyéndola, los bosques desaparecen, sube el nivel del mar y se extinguen los animales, quizá por eso hay que colonizar Marte. Tenemos que dejar a la Tierra sola, para que se recupere.

RONNIE: Pues...

RONNIE: Mira, colega. Perdona que me marchara. No fue porque no os quisiera a mamá y a ti... Os quiero de verdad. Pero era la única manera de... No podía quedarme aquí. En Rockview. No podía dejarme aplastar, ¿me entiendes? Tenía que vivir mi vida y... y sé que no os he visitado todo lo que debería, y que no estaba aquí cuando me necesitabas. Me he dado cuenta. No he sido el mejor modelo para ti, pero... pero intento ser buena persona. Intento actuar con...

RONNIE: ¿Otra vez llorando?

RONNIE: ¿Por qué lloras?

ALEX: Porque tú también lloras.

RONNIE: ...

ALEX: Ronnie...

RONNIE: ¿Qué?

ALEX: Nunca te había visto llorar.

RONNIE: ...

RONNIE: Alex... Mira, Terra y yo hemos intentado protegerte de todo esto..., pero quiero que sepas lo que pasa. Cuando me han llamado antes..., no era nadie del trabajo. Era una persona del DSS, del Departamento de Servicios Sociales. Han estado investigándonos, por eso no te dejaba salir de casa. He intentado protegerte...

ALEX: Ya lo sé.

RONNIE: ¿En serio?

ALEX: He escuchado lo que grabó Terra.

RONNIE: ¿Y por qué no dijiste nada?

ALEX: Porque quería que me lo contaras TÚ, Ronnie, ya no soy un CRÍO. Ya no estoy en primaria, las cosas no son como cuando aún dormíamos en el mismo cuarto, y sé que la verdad duele, pero si estoy contento todo el rato significa que no soy valiente.

RONNIE: ...

ALEX: ¿Por qué me miras así?

RONNIE: Porque llevaba mucho tiempo sin verte.

ALEX: ...

RONNIE: Sé que quieres saber la verdad más que nada en el mundo, Alex, de verdad, te lo juro. Pero también tienes que entender que a veces es difícil para todos... Es difícil PARA MÍ, porque sigues siendo mi hermano pequeño. Sigues siendo Alex. Mi tarea consiste en asegurarme de que no te pasa nada, y últimamente no lo he hecho.

ALEX: Ronnie, me las arreglo bien. Sé cuidar de mí mismo.

RONNIE: Ya me doy cuenta. Eres duro de roer. Pero necesito que tengas un poco de paciencia conmigo, intentaré no tener secretos contigo. ¿De acuerdo?

ALEX: De acuerdo.

RONNIE: Bien.

ALEX: Entonces, ¿ahora qué? ¿Vas a volver a casa?

RONNIE: Ya hablaremos de eso, primero déjame solucionar el problema que tenemos con los servicios sociales. Es más urgente.

[motor]

ALEX: Pero ¿qué hay de…?

RONNIE: Ya lo hablaremos en casa. Quiero contárselo a Terra y los chicos.

ALEX: Entonces, ¿vamos a hablar de verdad?

RONNIE: Sí.

ALEX: ¿De todo?

RONNIE: De todo.

[gravilla]

[acelerón]

Nueva grabación 47

4 min 32 s

¡Chicos, chicos, chicos! ¡Tengo un notición! ScottCivSpace ha donado cincuenta dólares para pagarme los gastos de hospital, y también ElisaCivSpace, y además les han enseñado el foro a sus compis de trabajo y ellos también han donado un montón, ¡y Lander Civet me ha escrito! ¡LANDER CIVET!

Me ha dicho que el doctor Carl Sagan también era uno de sus héroes, y que de niño lo conoció y llegó a estrecharle la mano, y que en la oficina tiene una copia exacta del Disco de Oro, y que ha leído lo de mi iPod de Oro y ha escuchado algunas grabaciones, y que nos quiere invitar a mí y a mi familia al lanzamiento del satélite a Marte, ¡y que si quiero ir!

Le respondí rapidísimo y le dije ¿¡Es una broma!? ¡Pues claro que sí! Lander ha dicho que genial, que se muere de ganas por conocerme y que su ayudante nos va a conseguir los billetes para Florida y todo lo que haga falta.

Quería que fuéramos todos a Johnny Cohete a celebrarlo, porque la doctora Clemens me había dicho que podría empezar a comer sólidos en cuanto evacuara por primera vez. Ronnie me ha prometido que iremos, pero hoy no, ahora hay que hablar del tema de los Servicios Sociales y de sus planes. Ha dicho que pasado mañana va a venir una asistente social, y le he preguntado qué era una asistente social, si era alguien que te ayudaba a ganar seguidores en Twitter. Pero Ronnie me ha contestado que no, que son empleados que trabajan para el Estado, y Zed ha dicho que también ayudan a la gente necesitada, y les dije Pues entonces yo también soy asistente social, y Ronnie dijo Vamos a centrarnos.

Según Ronnie, la única solución posible es que me vaya a vivir con él a California, por el momento, que buscará un apartamento más grande y que cuando nuestra madre se recupere y salga del hospital también se vendrá y venderemos la casa de Rockview. Pero ¿y tu casa?, le pregunté, y me dijo que no era suya, que con su sueldo de agente no se lo podía permitir, y que vivía subalquilado en un cuarto y que ni siquiera tenía cocina. Y volví a preguntarle, ¿Y mi instituto, y Benji, y mi trabajo con el señor Bashir? ¿Quién va a ser presidente de la Sociedad Planetaria de Rockview, POR

QUÉ no puedes venirte tú aquí y vivir en casa? Y me puse a llorar otro poquito.

Terra me dio la mano y me dijo que iba a ser difícil, pero Ronnie trabaja en Los Ángeles y está haciendo un gran sacrificio, y que a mí también me tocaba sacrificarme. Que siempre podría chatear con Benji, y a lo mejor él podía tomar el relevo de la presidencia, y que en California también hay gasolineras. Ronnie y los chicos habían estado hablando y ellos me echarían un ojo cuando él tuviera que viajar por trabajo, y los miré a los dos y Steve asintió y Zed dijo Es cierto. Ronnie añadió que además Terra estaría a unas horas de viaje, en Las Vegas, y le pregunté ¿Tienes colchón de aire? y respondió que no, y le dije ¿Puedes comprar uno? Así Terra se podría venir con nosotros y tendría donde dormir. Ronnie y Terra se miraron y él dijo que ya hablaríamos, que ahora lo importante eran los dos días que teníamos por delante.

Le pregunté qué tenía que ver un asistente social con todo esto y me dijo que si nos marchábamos de sopetón a otro estado iban a saltar todas las alarmas, Y no queremos que piensen que te iría mejor en una casa de acogida. Le pregunté ¿Y qué hacemos para desconectar las alarmas?, y me contestó que precisamente para eso era la reunión: si ven que vivo en un buen hogar nos dejarán en paz y podremos hacer lo que queramos. Así que teníamos que dejarlo todo bien atado y adecentar la casa. Le pregunté ¿Qué? La casa está bien, yo me ocupo de todo, y Ronnie me dijo que sí, pero que había que cortar el césped y tirar los cupones de mi madre y quitar el polvo y el olor a perro mojado y limpiar las manchas que Carl Sagan había dejado en la moqueta cuando tuvo problemas digestivos, y le dije *Touché*. Ronnie añadió que de todas formas tendríamos que ocuparnos de todo eso si íbamos a vender la casa, así que era mejor ponerse manos a la obra cuanto antes. Dijo Vamos a cenar tranquilos y limpiar esta noche todo lo que podamos, y mañana a primera hora seguiremos. Y en ello estamos.

Chicos, tengo que seguir limpiando. Luego os grabo algo más.

Nueva grabación 48

5 min 37 s

Estoy… ago… tado…

Pero no igual que cuando tuve el accidente, en aquel momento me dolía todo el cuerpo y solo quería dormir. Ahora tengo el cuerpo cansado, pero también el cerebro, como si acabase de correr dos kilómetros intentando resolver un acertijo difícil.

Los demás también están baldados, pero siguen limpiando. Esta mañana han venido los chicos y Ronnie ha ido a casa de Justin Mendoza a por el cortacésped, porque el nuestro no funciona, y ha venido, lo ha cargado, ha tirado del cordón y ha empezado a hacer *bru bru bruuummm*, y Carl Sagan se ha puesto a llorar porque le daba miedo el ruido. Luego se ha acostumbrado. Ronnie se ha pasado un buen rato cortando el césped y luego me ha dejado probar, pero el cortacésped pesaba UN QUINTAL. Se lo he devuelto y la bolsa se ha llenado rapidísimo, y cada vez que la vaciaba, yo lo ayudaba a meter el césped cortado en bolsas grandes de papel. Carl Sagan se ha estado paseando por las zonas cortadas, tumbándose y frotándose contra la hierba, y le he dicho Si sigues así vas a acabar verde, y no querrás que te bañemos otra vez, ¿verdad? Y se ha puesto a llorar de nuevo, porque ha entendido la palabra *bañemos*.

Después volví a entrar en casa, Terra estaba pasando el aspirador en el salón y quitando las manchas de caca de la moqueta. La ayudé con el spray y las rascó con un cepillo, pero no sirvió de mucho, aún se veían, y cuando consiguió limpiarlas, la parte limpia estaba más clara que el resto. Terra dijo que tal vez habría sido mejor usar un espray para moquetas, y le dije Pero este es *multiusos*, lo pone aquí, ¿limpiar moquetas no es uno de los múltiples usos? Luego miré la etiqueta, y no.

A Steve se le ocurrió que podríamos tapar las manchas con alfombras, y a Terra le pareció perfecto, así que los chicos se fueron a por algunas de segunda mano que no fueran muy viejas. Mientras, Terra y yo entramos en el cuarto de mi madre con bolsas y con guantes que encontramos en el garaje, era como explorar otro planeta, solo que no llevábamos trajes de verdad, únicamente guantes. Metimos en las bolsas los cupones viejos y algunas cosas del armario, bolsas de la compra, cajas vacías y pañuelos usados, había pañuelos usados POR TODAS PARTES. Al final llenamos hasta arriba quince bolsas de basura, y le dije ¡Ay, ay, ay! ¡Pero cómo es posible que una sola persona acumule tanta porquería!

Sacamos las bolsas y Ronnie casi había terminado con el césped. Estaba gracioso, se había quitado la camiseta y le colgaba del pantalón, como una cola de caballo. Ronnie nos vio llevar las bolsas y nos mandó que no las dejáramos en la calle, que por ahora las pusiéramos en el garaje y ya las llevaríamos después a los contenedores. Se quitó el sudor de la cara con la camiseta y le pregunté si quería un OXLI y me respondió que Vale, así que le di uno de los que había metido Steve en la nevera. Le dije Si luego te llevas un BMW, acuérdate de contármelo.

Los chicos volvieron con alfombras y ambientador para el olor a perro, y unos tiestos con plantas, eso se le ocurrió a Zed. Extendimos las alfombras en el suelo, Terra las aspiró y tapamos todas las manchas de caca menos dos que había en la esquina. Allí Zed colocó una de las plantas. Luego echamos ambientador por todo el salón, UN MONTÓN de ambientador, y en principio tendría que eliminar el olor, y así fue, pero lo dejó todo apestando.

Ronnie entró y dijo ¡Sí, señor! Y le dije que la asistente social se iba a quedar de una pieza con la casa tan limpia y tan ambientada. Me pidió que no le contara que habíamos estado de limpieza, que fingiera que aquello era normal, y le dije Ojalá no tuviera que fingir. Ojalá hiciéramos esto cada semana, porque el césped va a crecer y la casa se va a volver a ensuciar y a oler y a llenarse de basura, y hará falta hacer otra limpieza. Ronnie volvió a salir porque aún le quedaba trabajo.

Después de comer, Terra me dijo que durmiera un poco, no debía trabajar tanto porque aún me estaba recuperando del accidente. Así que me eché en el sofá con Carl Sagan y los demás volvieron al trabajo, a seguir arreglando la casa. Los chicos limpiaron la bañera y los azulejos del cuarto de baño, y Terra aspiró la cocina y pasó la fregona, para que el suelo no estuviera pegajoso, y yo me quedé mirándolos a ellos y a Ronnie, que estaba fuera, y pensé Si mi padre viviera, lo vería cortar el césped y desatascar los canalones, y si mi madre no estuviera en el hospital, la vería a ella quitar las telarañas del techo con una escoba.

Luego me puse a pensar Pero ¿qué corchos es un padre? Si hablamos de un padre biológico, sí que tengo uno, pero ¿qué hace un padre no biológico? Si es alguien que te protege de las cosas malas, alguien a quien puedes ayudar a limpiar o a cortar el césped, ya tengo a Ronnie y a Terra. Si es alguien a quien se puede admirar y seguir sus pasos, ya tengo a mi héroe, el doctor Sagan, y si es alguien que se ríe contigo y con el que viajas, ya tengo a los chicos. ¿Qué diferencia hay? Cuanto más pienso en la palabra *papá*, menos sé lo que significa. ¿Por qué? Pasa igual con palabras como *amor*, *verdad* o *valentía*, cuanto más pienso en ellas y más las repito, menos sentido tienen. Amor. Verdad. Valentía. Valentía. Verdad. Amor. Es decir, sé que existen, pero cuantas más vueltas les doy, siento que se refieren a distintas cosas juntas, o a la misma, pero… ¿a qué?

¿Lo sabéis?

¿Tenéis una palabra para todo eso?

Nueva grabación 49

15 min 9 s

Acaba de marcharse la mujer de los Servicios Sociales, y también han pasado muchas más cosas, creo que me va a estallar la cabeza. Bueno, no estallar de verdad, es una metáfora para decir que me ha dado demasiado que pensar. Quiero contároslo, pero no quiero dejarme nada en el tintero, así que empezaré por el principio.

Resulta que ayer Ronnie dijo que sería mejor que los chicos no estuviesen aquí por la mañana, que así cuando vinieran los de Servicios Sociales no parecería que teníamos a dos hombres extraños en casa. Le contesté que, aunque fueran un poquito extraños, eran mis amigos, y Zed se rio, pero le dio la razón a Ronnie. Le dije a Zed que si necesitaba escribir sus pensamientos podía ir con Steve a la biblioteca, que allí también hay ordenadores. Le encantó la idea.

Así que esta mañana solo estábamos Ronnie, Terra y yo, preparándonos para recibir a la funcionaria. Cogimos una jarra grande de la alacena, la lavamos y la llenamos de agua helada, y colocamos la jarra y unos vasos en la mesita de centro. Ronnie nos dijo que cuando llegara le ofreceríamos el butacón y nos sentaríamos los tres en el sofá, sería una manera de mostrarle apoyo. Le dije que era una idea genial porque así también estaría cómoda. Ronnie me dijo que intentara sentarme erguido, que iba a hablar sobre todo él y que si la funcionaria me hacía alguna pregunta, no la contestara a no ser que él me hiciera una señal.

Ronnie se puso a ensayar todo lo que le iba a decir a la funcionaria, pero de repente sonó el teléfono y fue a cogerlo. Dijo ¿Diga? y luego ¿Quién le ha dado este número? y luego No concedemos entrevistas, y colgó. Le pregunté ¿Quién era? y respondió que un periodista y fue a por su portátil, y Terra le preguntó ¿Y qué quería?, y Ronnie contestó que Lander Civet había hablado de mí y de mi iPod en una entrevista. La encontró y nos la puso, y luego yo me metí en mi cuenta de correo y tenía millones de mensajes, algunos de periodistas que querían entrevistarme.

Exclamé ¡CÓMO MOLA! ¡Soy famoso!, y Ronnie admitió que molaba bastante, pero ahora, tal y como estaban las cosas, no podíamos hablar con ningún periodista. Le pregunté por qué, si él ayuda a sus clientes a hacer justamente eso, ¿qué diferencia hay? Y me respondió que la diferencia era que yo soy su hermano. El teléfono volvió a sonar y Ronnie lo desconectó, y entonces llamaron a la puerta y Ronnie dijo Será la mujer de Servicios Sociales. Pero no. ¡Era una periodista del Canal 5!

Le preguntó a Ronnie ¿Aquí vive Alex Petroski?, y él le respondió que no concedíamos entrevistas, pero ella le dijo que solo quería charlar un poco conmigo, y me miró por encima del hombro de Ronnie, la saludé con la mano y Ronnie cerró la puerta. Volvió a llamar, pero Ronnie no le abrió, y yo miré por la ventana, ¡y teníamos la furgoneta de la cadena aparcada en la acera de enfrente! Tenía una torre altísima de transmisión por satélite, con un cable rojo enrollado conectado por detrás, y algunas personas que pasaban corriendo se paraban a mirar, incluso una madre con un carrito. Ronnie me ordenó que me apartase de la ventana. Dijo No me lo puedo creer, volvieron a llamar a la puerta y él fue a decirle a la periodista que se marchara, ¡pero era la funcionaria de los Servicios Sociales!

La funcionaria dijo que se llamaba Juanita. En una mano llevaba una cartera negra de cuero, y saludó a Ronnie con la otra y él le dijo Pase, por favor, no se fije en ese barullo de fuera. Juanita se me acercó, extendió el brazo y me dijo Hola. Tú debes de ser Alex. Miré a Ronnie y él asintió, así que le contesté Encantado. Ronnie le preguntó ¿Quiere beber algo, café, agua? y respondió que se acababa de tomar un café, que Un agua está bien, y yo exclamé ¡Ya se la sirvo yo! y me tapé la boca porque no había esperado el permiso de Ronnie.

Me acerqué a la mesita y cogí la jarra, que pesaba un montón, mientras Juanita saludaba a Terra y ella le decía que era mi hermanastra, y tuve ganas de abrazarla, pero tenía la jarra en la mano y no quería salpicar.

Juanita se sentó en la butaca sin reclinar el respaldo y Ronnie y Terra hicieron lo mismo en el sofá y me dejaron un hueco en medio, tal como habíamos ensayado, todo iba según nuestro plan. Le ofrecí el vaso, tenía arrugas en los dedos y el esmalte de uñas agrietado y dijo Gracias, tienen una casa preciosa, y yo me callé y no le dije que la habíamos limpiado ayer.

Le dio un sorbo al vaso de agua y Ronnie le dijo Como ve, este es un ambiente seguro y estable, y luego le habló de mi accidente y de la desaparición de mi madre, como habíamos ensayado. Ha sido una desafortunada coincidencia, una casualidad, pero ahora estoy yo aquí y voy a cuidarlo, no tiene sentido que no me lo permitan. Antes de que terminara, Juanita levantó la mano libre y dijo No se preocupe. No he venido a separar a su familia.

Pensé ¡Uf, qué alivio! y miré a Ronnie, y él intercambió una mirada con Terra, sé que pensaban lo mismo. Pero tenían algo más en la cabeza, estoy seguro. Ronnie volvió a mirar a Juanita y dijo Genial. No hay mucho más de que hablar, ¿verdad?

Juanita dejó el vaso en la mesa y abrió la cartera, y dentro tenía un iPad. Abrió algunas ventanas en la pantalla y dijo que se alegraba de que por fin nos conociéramos en persona, y empezó a contarnos todo lo que sabía de nosotros: que mi madre se había quedado en paro hacía unos años, y que también le habían quitado el carné de conducir. También que Ronnie se había mudado a Los Ángeles al terminar la universidad para trabajar de agente deportivo y que había estado en Detroit hacía poco por cuestiones de trabajo, y que yo me había ido solo a un festival de cohetes espaciales en Nuevo México, que tenía un perro llamado Carl Sagan, por mi héroe. También habló de que a veces yo subía al tejado de casa para ver adónde iba mi madre de paseo, y que el accidente lo tuve por eso, y que Terra me había llevado al hospital. Ronnie le preguntó cómo sabía todo aquello y ella le contestó que había hablado con mis profesores, con mi orientador y con los vecinos, y con los médicos de mi madre y los míos, y que había encontrado el perfil de Ronnie en la página de su empresa y se había entrevistado con alguien de su trabajo, y que esta mañana había leído por casualidad un artículo sobre Lander Civet y un iPod de Oro.

Entonces Ronnie empezó a salirse del guion. Le contó lo que habíamos hablado hace dos días, que podría irme a vivir con él a Los Ángeles por el momento, y que luego se vendría también nuestra madre y venderíamos la casa, y que si hacía falta buscaríamos un centro de salud mental por la zona y él sería mi tutor legal, y muchas más cosas que ni siquiera habíamos comentado… También le dijo que ahora estaba allí, conmigo, ¿Acaso eso no importa?, y yo miré a Terra y ella me devolvió la mirada, y Juanita dijo Claro que importa, y repitió No he venido a separar a su familia.

Juanita aseguró que estaba bien que Ronnie pensara en el futuro, que para eso había venido, que estaba de nuestra parte, pero que si nos marchábamos del estado las cosas se pondrían más difíciles. Le preguntó a Ronnie ¿Tienen amigos o familiares en Colorado, con los que se pueda quedar Alex?, y Ronnie le contestó que no y Terra preguntó ¿Qué importa que se quede en Colorado con algún familiar o con Ronnie en Los Ángeles? De todas formas, va a vivir en otro sitio. Y Juanita nos pidió que pensásemos en lo que querría mi madre cuando se hubiera recuperado, cuando hubiera salido del centro.

Ronnie se quedó mirando la jarra de agua y yo pensé que lo más probable era que mi madre quisiera que yo me quedase en un sitio familiar, un sitio en el que ella se supiera los canales de la tele y donde tuviese los armarios ordenados. Un sitio donde pudiera salir a pasear, pero acompañada, para que no se alejara mucho. Un sitio donde estuviéramos Ronnie y yo, donde hubiera fotos nuestras y de mi madre colgadas en su habitación. Lo más seguro era que quisiera volver a casa, como yo.

Juanita le preguntó a Ronnie si podía seguir trabajando desde Colorado y él se quedó callado y cogió el teléfono de la mesita, no porque le hubieran llamado o le hubiera llegado un mensaje, simplemente para tenerlo en la mano. Juanita siguió hablando de otros temas, pero yo había dejado de prestarle atención porque estaba mirando a Ronnie, y él no apartaba la vista de la jarra, y la mano del móvil se le estaba poniendo blanca.

Y de repente, se hizo el silencio. Me di cuenta de que Juanita se había callado y miraba la planta de la esquina, y Terra miraba a Ronnie y Ronnie miraba la jarra de agua, era casi como estar en el espacio, en el vacío, con todo flotando en silencio. El sol entraba por las ventanas impolutas y se veían motitas de polvo, y me puse a pensar Qué curioso, hace dos semanas Ronnie estaba en Los Ángeles y yo no sabía ni por asomo que tenía una Terra, y ahora aquí estamos los tres, compartiendo un sofá por primera vez, y todos tenemos el mismo padre, y estamos aquí gracias a mi padre, nos hemos reunido por él, aunque haya muerto… Y miré a Terra y luego a Ronnie, y vi los mismos ojos verdes y sentí que mi padre también estaba en el salón, no en forma de fantasma ni mirándonos, pero estaba en todas partes. En los ojos de Ronnie y de Terra, en sus caras, en su piel y su pelo, y en mi cara y mi piel y mi pelo, que son como sus sombras, por ellas sabemos que existió, que fue real y que también pisó la alfombra del salón y bebió con los mismos vasos, más sombras, y que las huellas de su espalda y de su culo seguían en la butaca donde estaba sentada Juanita, ¡otra sombra más! Si aún las veo, si aún veo su sombra, si sigo descubriendo cosas sobre él por Terra y Ronnie, y por internet, cosas que antes no sabía, una parte de él sigue viva, aunque haya muerto, ¿verdad? Hay algo cuatridimensional, un teseracto que no muere nunca y que soy incapaz de ver. ¿Y si...? ¿Y si todo lo que he intentado entender, el significado del amor, de la valentía, de la verdad, y si todo eso es difícil de ver porque TODAS esas cosas son teseractos? ¿Y si son el MISMO teseracto? ¿Y si todas las veces que amamos, que somos valientes, que decimos la verdad nos volvemos cuatridimensionales, tan grandes como el cosmos? ¿Y si son los momentos en que recordamos DE VERDAD, en que SABEMOS, que estamos todos hechos de polvo de estrellas y que somos humanos del planeta Tierra, humanos con padres que murieron a los tres años, con hermanos que viven en Los Ángeles y madres que tienen esquizofrenia, y Terras que no conocíamos y héroes con jerséis de cuello vuelto y amigos con koanzenes y aventuras y estómagos sensibles y…? Las palabras con las que intentamos describir todo eso, esta sensación, palabras como *amor, valentía y verdad*… La razón de que no podamos, la razón de que no nos sirvan los sonidos, la música, las imágenes, para describirlo, es porque también son SOMBRAS. ¡LAS PALABRAS SON SOMBRAS!

Creo que esto último lo dije en voz muy alta porque todos se me quedaron mirando, y me había levantado, creo que lo hice porque pensaba en la sensación de flotar. Ya que estaba de pie, le serví agua a Ronnie, aunque me había mandado sentarme erguido. Le llené el vaso y salpiqué un poco la mesita, pero no paré, y notaba que todos me miraban, pero no quería apartar los ojos de la jarra para no derramar más agua, y en cuanto la jarra se vació un poco y se hizo más ligera me resultó más fácil, y la dejé en la mesa y le pasé el vaso a Ronnie. Sabía que no tenía sed, pero que necesitaba el agua.

Ronnie me miró, miró el vaso, soltó el móvil y lo volvió a coger. Dejé de pensar en el silencio, hasta casi olvidarlo, hasta que Juanita volvió a hablar.

Me dijo que tenía mucha suerte, que pese a todo lo ocurrido estaba a salvo, en clase mostraba interés y había aprendido a valerme por mí mismo, eso era una buena señal, tenía mucha suerte, seguro que había tenido buenos modelos a lo largo de la vida. Luego cerró la funda del iPad y cruzó las manos encima, y empezó a decir que muchos de los chicos que ve no tienen esa suerte, que ayer mismo… Y dejó de hablar y me fijé en las bolsas de sus ojos, eran iguales a las de mi madre, y me dieron ganas de preguntarle qué había pasado ayer mismo, pero no me pareció lo más oportuno.

Entonces se escuchó a alguien que chillaba en el dormitorio. Juanita preguntó ¿Es él?, y yo miré a Ronnie y él asintió, y le pregunté a Juanita si quería conocer a Carl Sagan y respondió que sí, que le encantaban los perros. Abrí la puerta y Carl Sagan salió corriendo a olerle la mano a Juanita. Tenía la cola tiesa, pero dejó que lo acariciara un poquito antes de esconderse detrás de mis piernas. Le dije a Juanita Ahora mismo Carl Sagan es un cagueta, pero puedo entrenarlo para que sea mi perro guardián, ¿podría tenerlo de tutor? Se rieron todos y Juanita dijo Por desgracia no, y le dije que ya lo sabía, que era una broma.

Juanita nos dijo que tenía otra cita, pero que volvería la semana que viene, y le dio su tarjeta a Ronnie, y a mí también, y nos dio las gracias por el agua y me dijo Que te vaya bien con ese iPod de Oro.

La furgoneta de las noticias ya no estaba fuera cuando Juanita se marchó. Ronnie cerró la puerta principal y nos quedamos los cuatro allí plantados, en silencio. Luego Terra dijo que no teníamos por qué hacer lo que nos había recomendado Juanita, podíamos ganar tiempo y yo podía irme a Los Ángeles con Ronnie, y a lo mejor nuestra madre se recuperaba antes y podía volver a casa conmigo, así él no perdería días de trabajo.

Ronnie me miró y dijo No, Juanita tiene razón, aunque nuestra madre salga del hospital, será mejor que yo no me aleje. Y yo le pregunté ¿De verdad te refieres a lo que yo creo?, y él asintió, y Terra le preguntó Pero ¿y tu trabajo?, y Ronnie le contestó que intentaría solucionar el tema con su agencia, quizá podría trabajar desde Colorado, ocuparse de algo que no le obligara a viajar tanto, y si no ya se buscaría otro trabajo.

Y allí nos quedamos un rato, mirándonos, y Terra arrugó la nariz, Ronnie torció el gesto y de repente yo también lo olí, y los tres clavamos los ojos en Carl Sagan y yo dije GENIAL, y fui a por el ambientador.

Nueva grabación 50

3 min 7 s

Hola, chicos. Perdonad que haya estado tanto tiempo sin grabaros nada. He estado HASTA ARRIBA de trabajo. Me han quitado las grapas y los puntos en el hospital y aún tengo la piel un poco inflamada alrededor de las cicatrices, y se ven las marquitas de las grapas, pero la doctora Clemens me ha dicho que mejoro a buen ritmo. Le he preguntado si me iba a dar un certificado de *Salud de hierro*, y me ha respondido que Por supuesto, pero nunca ha llegado a dármelo.

Además, he estado ocupado porque se han publicado más artículos sobre mi iPod de Oro, y Lander ha escrito algunos tuits sobre el tema ¡y las aportaciones ya llegan al 281 por ciento, y subiendo! Benji me ha escrito un correo diciéndome que había visto los tuits de Lander en la CNN, que ¡Qué guay!, y algunos compañeros de clase también, no tenía ni idea de que les interesaban el espacio ni los cohetes ni nada, y es perfecto porque a lo mejor puedo convencerlos para que se unan a la Sociedad Planetaria de Rockview. Les di las gracias a todos por apoyar nuestra causa en una publicación de Forocohetes y subí algunas fotos de mis cicatrices, y Ken Russell me dijo que menuda historia para cuando fuera mayor, y le respondí que menuda historia para ahora mismo.

Muchísimos usuarios me preguntaron qué iba a hacer con el dinero extra. Le propuse a Ronnie que pagáramos con él los gastos médicos de nuestra madre, y Steve nos comentó que debíamos aprovechar el tirón que estábamos teniendo para conceder entrevistas y recaudar aún más dinero. Pero Ronnie se negó, No más entrevistas, no quería airear en público nuestros asuntos de familia. Me dijo que de los gastos médicos se ocuparía él, que todo lo que sacáramos iba a ir para pagarme la universidad.

Hoy por fin hemos ido a Johnny Cohete a celebrarlo, como me había prometido Ronnie. El que más cerca nos queda está a cuarenta minutos, y yo me he pedido una hamburguesa con queso y patatas y tarta de manzana *à la mode*, y estaba todo de rechupete. Nos quedamos esperando a que llamara mi madre, y ha llamado. Ahora ya le dejan hablar por teléfono, no más de diez minutos al día, y se ha pasado cuatro hablando con Ronnie y seis conmigo. Le pregunté ¿Qué tal estás? ¿Aún crees que soy un extraterrestre?

y me aseguró que se encontraba mejor y que sabía que yo era Alex. Le hablé del iPod de Oro, de la invitación de Lander Civet al lanzamiento, de que su ayudante nos va a mandar los pasajes por correo, y le pregunté ¿Cuándo podremos volver a verte? Tengo que llevarte algunas cosas de tu cuarto, y me respondió que le diera un poco más de tiempo, que quería ponerse buena del todo. Le dije Te quiero, aunque no estés buena del todo, y me dijo Yo a ti también. Me contó que en el centro de salud mental tenían sintonizado el canal de la NASA y que uno de los paramédicos se lo iba a poner para que viera el lanzamiento, y tuvo que colgar porque ya habían pasado los diez minutos.

Nueva grabación 51

2 min 43 s

¡Estoy en un avión! Había montado en bici, en monopatín, en ciclomotor, en coche, en canoa y en tren, y ahora también en un avión, así que solo me falta montar en helicóptero, en moto, en monociclo, en globo, en patinete eléctrico, en moto acuática y en *buggy*, y obviamente en una cápsula y una sonda espaciales, y habré probado todos los sistemas de transporte humanos. ¡Ay, y en moto de nieve! Se me olvidaba…

Terra me ha cedido el asiento de ventanilla, aunque según mi billete tendría que ir en medio. Le pregunté ¿Por qué los asientos no están alineados con las ventanas? y me respondió Ni idea. Cuando el avión despegó me quedé mirando al exterior, y los coches se fueron haciendo cada vez más pequeños hasta que parecían hormigas, y luego granos de arena, y luego dejé de verlos y estuve seguro de que habíamos llegado a la estratosfera. A la capa de la atmósfera, quiero decir, no al edificio de Las Vegas.

Steve y Zed no han podido venir porque el ayudante de Lander nos consiguió los billetes y el hotel a Ronnie, a Terra, a mí y a Carl Sagan, pero a él no le hace falta billete porque es un perro. Cuando nos despedimos, Zed me dio un montón de papeles y le pregunté ¿Y esto?, y me dijo que era la primera parte del libro que está escribiendo: es a lo que se ha dedicado todo este tiempo. Me ha dedicado el libro y quiere que lo lea y le dé mi opinión. Se titula *Hacia la estrella invisible: la recuperación de la infancia en una época frenética*. Le dije que no era mal título, pero que seguro que se le ocurría algo más breve.

Steve me dio un abrazo de oso cuando se marcharon, no como los que me había dado hasta entonces, cuando solo me ponía los brazos encima. Le pregunté ¿Sigues triste por lo de Terra? y reconoció que a veces sí, pero que todo iría bien, que también se va a leer el libro de Zed y que en cuanto se lo acabe quiere comentarlo conmigo. También me dijo que podíamos quedarnos las latas de OXLI de la nevera, y luego me dio uno de los teléfonos que había conseguido negociando. ¿No vas a venderlo por eBay?, le pregunté, y me aseguró que quería que me lo quedara, le ha metido una tarjeta prepago para que siempre estemos en contacto, y a lo mejor si vuelvo a Los Ángeles podríamos quedar todos.

Intenté leerme el libro de Zed en cuanto despegó el avión, pero no he podido concentrarme. Estaba como loco. Miré por la ventana y habíamos subido incluso más, y ya no distinguía las carreteras ni los edificios. Como dijo mi héroe, a cierta altura ni siquiera se puede saber si hay vida inteligente en el planeta.

Así que, si venís alguna vez, acercaos bastante.

Nueva grabación 52

6 min 9 s

Hola, chicos. Esta será la última grabación que haga con el iPod de Oro, ¡pero no os preocupéis! Con el móvil de Steve puedo sacar fotos y grabar vídeos, así que empezaré a hacer eso. El teléfono ya es dorado de por sí, así que genial.

Después de aterrizar en Florida, alquilamos un coche y dejamos el equipaje en el hotel, y luego nos fuimos directos a Cabo Cañaveral. Cuando llegamos, nos recibió ScottCiv-Space, que llevaba puesto su polo gris de CivSpace, igual que en el FCGAS. Scott nos llevó hasta el lugar del lanzamiento y vimos el *Nube 3*, con el satélite ya instalado, a través de una alambrada. Era IMPRESIONANTE. Nos ha traído también al centro de control de la NASA, pero era distinto del de *Contact*, no tenía ventanales, solo había una pantalla gigante que mostraba el lugar en directo y tablas y gráficos. Me parece que a Nathan le habría encantado la pantalla, en ella le cabrían líneas y líneas de código diminuto.

Lander Civet aún no está aquí, llega mañana, pero ya he conocido a bastante más gente de CivSpace, y todos han oído hablar de mí y me han pedido que les enseñara el iPod. También he conocido a algunos científicos de la NASA, y a la doctora Judith Bloomington y… uf…

Bueno… Aparte, también vimos los ensayos de combustión de los propulsores, nos despedimos de Scott y cenamos en un restaurante cerca del hotel. Ronnie me ha dicho que su cliente potencial de Detroit también había oído hablar de mi iPod de Oro y que también le apasiona CivSpace, y que algún día querría vivir en Marte. Le dije Genial, entonces, ¿quiere que seas su agente? Podrías asociarte con él y con tus otros clientes y montar tu propia agencia, como hacía Tom Cruise en aquella película. Ronnie se rio y me contó que en la vida real ese tipo de cosas no siempre funcionaban. Me explicó que los padres del chico, de su cliente, tenían que hacer lo mejor para la familia, y él también, así que le pasó el caso a un compañero. Terra dijo Qué pena y Ronnie le respondió Es lo que hay, yo me acabé el pescado con patatas y Terra me propuso que saliéramos a pasear y a tomar un helado, y además me confesó que quería hablar conmigo. Pedimos la cuenta, Ronnie se fue a la habitación para hacer unas llamadas y Terra y yo fuimos a pasear por la playa con Carl Sagan.

Era la primera vez que veía el mar tan de cerca. No paraba de ladrarle al agua, porque seguramente le recordaba a los baños. Pero pasó un rato y le empezó a dar igual. Estaba anocheciendo y había gente en la arena, pero no tanta como en Venice Beach, y el agua estaba más caliente y más oscura que el cielo. Nos quedamos los tres en la orilla y dejamos que las olas nos mojaran los pies, y nos comimos los helados escuchando la tranquilidad.

Después le pregunté a Terra ¿En qué piensas?, y me respondió En muchas cosas. Insistí: ¿Me dices algunas?, y me abrazó, hizo una bola con el envoltorio del helado y se la metió en el bolsillo. Yo hice lo mismo con mi envoltorio y empecé a hablar con ella, le dije Ronnie me ha contado que ser un adulto consistía en apechugar con lo que uno había hecho, y estoy muy contento de que los dos lo hagamos. Terra soltó una carcajada y me confesó que a veces ser adulto consiste en apechugar con las cosas de las que no es responsable uno mismo, y que por el momento no me preocupara por serlo. Me aseguró que tenía un buen hermano, y yo añadí que además tenía una buena Terra, y me dio permiso para contarle a la gente que era mi media hermana, que estaba muy orgullosa de ello.

Le pregunté ¿Y ahora qué va a pasar, después del lanzamiento? ¿Te vas a venir a Rockview con Ronnie, conmigo y con mi madre cuando le den el alta? Terra me dijo que era un cielo, pero que no podía quedarse, y quise saber por qué. En Rockview también hay restaurantes, podría trabajar de lo mismo, Ya sé que no tienes amigos aquí, pero yo seré tu amigo, y todos los días, en cuanto yo vuelva de clase y Ronnie del trabajo y tú del restaurante, podríamos hacer la cena entre todos y ver juntos *Contact* y mirar las estrellas, pero no desde el tejado, he aprendido la lección.

Terra me abrazó y me pidió perdón porque me había jurado que nunca se separaría de mí. Vendría a visitarme, de verdad, pero yo la había inspirado. Me confesó que, igual que a mí me apasionan la astronomía y la astronáutica, ella también tiene una pasión, solo que aún no sabe cuál es. Quería descubrirlo, pero antes debía volver a casa y pasar algún tiempo con su madre y con Howard. Me preguntó ¿Comprendes mis motivos? y le respondí que sí, que la vida era cuatridimensional, y volvió a reírse.

Tiramos los envoltorios y volvimos paseando al hotel, ya era noche cerrada y soplaba un viento cálido y agradable, y cuando entramos en la habitación encontramos a Ronnie detrás del portátil. Le pregunté ¿Qué tal las llamadas? y me dijo que de lujo, que había hablado con algunos entrenadores de su universidad y que en cuanto volvamos a Colorado le van a presentar a algunos jugadores. Se levantó para hacer café y Terra se metió en la ducha, y yo salí con Carl Sagan al balcón.

Intenté divisar el lugar del lanzamiento, pero fui incapaz, así que me metí en la página que lo emitía con mi teléfono nuevo y apunté con él en la dirección correcta, fingiendo que no había edificios en medio. El cohete estaba iluminado y se mantenía en pie sin apoyo, y me puse a pensar en otro cohete, en el que construiría yo algún día con ayuda de un montón de amigos, y en el que meteré este iPod de Oro.

Despegará, se elevará hacia el cielo, saldrá de la estratosfera y dejará atrás la Luna, Marte, el cinturón de asteroides, los planetas exteriores y Plutón, y se internará en el espacio sideral. A lo mejor lo descubrís vosotros.

¿Qué pasará cuando lo encontréis? Me pregunto qué se os pasará por la cabeza cuando escuchéis estas grabaciones, cuando escuchéis a un niño del planeta Tierra que intenta ser valiente y encontrar la verdad, un niño que quiere a su familia, a sus amigos y a su perro, que lleva el nombre de su héroe.

Me he dado cuenta de a qué se refería Zed cuando me dijo Ya lo has grabado. Y estoy de acuerdo.

<<FIN DE LAS GRABACIONES>>

Agradecimientos

Esta novela también ha sido un cohete, y sin la ayuda de un buen número de amigos, el lanzamiento habría resultado imposible. Doy las gracias de todo corazón a los que han recorrido este camino conmigo, entre los que se incluyen: Jessica Craig, por su apoyo incondicional y por creer en mí. Jess Dandino Garrison y Anthea Townsend, por guiarme a través de territorios desconocidos y ayudarme a retirar capa tras capa de la obra hasta que descubrí de qué iba el libro en realidad. John Hering, por su generosidad y su amistad y por proporcionarme un lugar donde escribir junto a la playa, en California. Maria Cardona, Marina Penalva, Leticia Vila-Sanjuán, Anna Soler-Pont y todo el equipo de Pontas, por diseminar esta historia por todo el mundo. Drake Baer e Ian Alas, por aconsejarme con los primeros borradores y con la vida. Bethany Summer, por las historias de otro tiempo y otro lugar. Jess Frisina, Pamela Safronoff y Sarah Sallen, por sus conocimientos sobre la labor social y los Servicios de Protección al Menor. Doy también las gracias a Courtney Balestier, Amanda Natividad, Mikaela Akerman, Robin Sloan, Dan Safronoff, Jason Roos, Andrew Horng y a los estratosféricos equipos de Penguin Young Readers (¡a los dos lados del Atlántico!).

Y, por último, gracias a Kickstarter y a todos los que apoyaron mi anterior novela, *These Days*. Sin vosotros no estaría aquí.